集英社オレンジ文庫

咎人のシジル

樹島千草

本書は書き下ろしです。

Contents

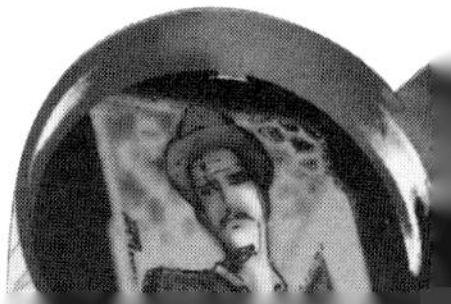

イラスト／鈴木康士

咎人のシジル

【1】

7回目の告白

とても穏やかな夜だった。

からりとした夜気が漂う公園に、気の早い虫の音《ね》が響いている。

日中は人々が集まっているものの、二十二時を過ぎれば人気《ひとけ》は絶える。素行の悪い連中や泥酔者《でいすい》もいないのは、街の治安がいいからだろうか。

そんな公園のベンチに、寄り添う二つの影があった。

「大丈夫、次はきっとうまくいくって」

優しく励ます男の肩に頭を預け、少女はこくんとうなずいた。

「……うん、負けない」

「それでこそ真理子《まりこ》だ。ほら、もう泣かないで」

「泣いてない！」

「はいはい。……それ、ぬるくなっただろ。新しいの、買ってこようか？」

持っていた紙コップを指さされ、少女は首を振った。まだ涙の残っている声で、それでも気丈に笑ってみせる。

「大丈夫。まだ冷たいから」

「そう？　ならよかった。ゆっくり飲みなよ」

「うん……。あーあ、お母さんたちになんて言おーかな」

「またがんばるぞー、でいいんじゃない？」

「それじゃ心配かけるんだって！　もー、藍沢《あいざわ》さんってなんかズレてるんだよね」

「そう？　自分じゃよくわからなくて」

「ま、そこがいいんだけどさ。超イケメンなのに、なんか変わってるから、話してても緊張しないし、変に深刻にならないですむ、てゆうか……」

かくん、と一瞬少女の首が揺れた。彼女はすぐに我に返り、頭を振る。

「ここで会え、てよかったな、て思……ふぁ、……あれ？　なんか、ねむ……」

「泣きつかれたのかも。ちょっとひと眠りしたら？」

「うん……ん、ぅ……」

紙コップに入っていた炭酸飲料を半分ほど残し、少女は目をしょぼつかせた。わずかに抵抗を見せたものの、抗《あらが》いがたい睡魔に負けたのか、身体《からだ》から力が抜けていく。

その手からこぼれ落ちそうになった紙コップを、男は革手袋をはめた手で素早く受け止めた。

微笑《ほほえ》む口元に悪意はない。

目元にも、手つきにも、少女に対する愛《いと》しさだけがあふれている。

「おやすみ」

優しく髪を撫《な》で、男は少女を横抱きにして立ち上がった。

ベンチの裏は雑木林になっていて、夜の闇《やみ》が凝《こ》り固まっている。木々と土の匂いは生々しく、人の匂いを覆《おお》い隠すようだ。

「早まったかな……。いや、でも絶対に『今日』だ。本当はもう少し一緒にいたかったけど……」

独り言を言いながら、男は林へ入っていった。

「だって、こんなにきれいなんだから。何度打ちのめされても立ち上がって」

強くて、まっすぐで、きらきらしている。

なんてしなやかなんだろう、と男は熱い吐息をついた。

「やっぱり真理子は最高だ。大好き」

少し考えたものの、あまり奥には行き過ぎないよう、公園の散歩道がわずかに見えるあたりを選んだ。林の奥に行けば自分の安全性は増すが、真理子が「見つかる」までに時間がかかってしまうだろう。

それはだめだ。

生体活動を止めた生き物は時間がたつごとに、どんどん崩れていってしまう。きれいな人は、きれいなままで。

両親もきっと心配しているだろうから。

「すぐ、ご家族のところに帰してあげるからね」

そっと少女を枯れ草の上に下ろし、男は小脇に抱えていたバッグから丈夫な縄を取り出した。慣れた手つきで縄を結び、作った輪に少女の細首を通す。

「ん……」

自《みずか》らに迫る邪悪な影を感知したのか、単なる寝言か、小さく少女が声を上げた。

だが男はひるまない。むしろ少女から発せられる最期《さいご》の声を記憶しようと、少し手を止めて少女を見つめた。

「きみに会えて、本当によかった」

優しくささやくと、少女は再び眠りの国に落ちていった。

見届け、男は作業を続ける。

うやうやしく、愛おしく。

そして……縄の片端を結んだ太い木の枝が、大きくきしんだ。

＊　＊　＊

あかつき町は都内にありながら、昔の情緒を色濃く残した街だった。

木造アパートが立ち並ぶ中に、ぽつぽつとデザイナーズマンションや個人経営の店が建っている。歓楽街やオフィス街には電車で一本。そちらへ行けば大抵の用事が片付くせいか、あかつき町自体はいつまでたってもあか抜けない印象だ。

藍沢結人《ゆいと》は半年ほど前、この地に引っ越してきた。特にこだわりはなく、ふらりと降りた駅でたまたま選挙活動中の男に「こんにちは！」と声をかけられたからだ。挨拶《あいさつ》されたのが嬉《うれ》しくて、何となくこの地に巣を張った。

今では自分の直感が正しかったと確信している。

この街で恋ができた。目の前がきらきらと輝くような、まぶしい恋を。

「ふぁ……」

窓から差し込む朝日で、藍沢は目を覚ました。

身体は程よく疲れているが、心の方は充実している。昨日、愛しい人に想いを告げることができたからだろう。

するりとベッドから抜け出ると、顔を洗って、ベランダに出る。

デザイナーズマンションの三階から朝のあかつき町を望むと、新鮮な空気とともに、植物特有の青臭さが鼻を突いた。

「お、いい色」

ベランダに並んだプランターの野菜が収穫期を迎えている。

ナスやトマト、キュウリにピーマン。そろそろ夏野菜も終わるが、十分濃厚な色合いだ。

トマトをかじりながらテレビをつけると、ちょうど朝のニュース番組がやっていた。

『……スです。今朝、あかつき町ふれあい公園の雑木林で女性が首を吊《つ》っているところを、散歩中の女性が発見しました。病院に搬送されましたが、間もなく死亡が確認されたとのことです。女性に争った跡はなく、警察は自殺とみて確認を急いでいます』

落ち着いたニュースキャスターの声とともに、「郡山《こおりやま》真理子（18）」とテロップが流れる。

よかった、と藍沢はほっとする。

ちゃんと発見してもらえたようだ。事件性なしと判断されたなら、司法解剖《かいぼう》だなんだで時間を取られることもない。この分なら、すぐに親元に帰れるだろう。

「次はどの街に行こうかな」

恋愛は一つの街で一度だけ、と決めている。

のどかなあかつき町も、たまたま見つけたこの部屋も気に入っていたが、あまり長くとどまっていると、次の恋をしてしまうかもしれない。

それはあまりよくない展開だ。同じ場所で動きすぎると、警察に目を付けられる可能性がある。

とりあえず今日は書店へ旅行雑誌を物色しに行くか、と財布を持って部屋を出ようとした時だった。

「あれ?」

上着のポケットに入れていたはずの財布がない。

嫌な予感が脳裏をよぎり、藍沢は眉間《みけん》にしわを寄せた。

「待て待て、ええと……」

昨日の行動を思い出してみる。

昨夜、真理子とふれあい公園で会った時はきちんと持っていたはずだ。彼女に炭酸飲料をおごったし、そのあと財布をポケットにしまった記憶もある。ならば、落としたのはそのあとだ。

（なにかあったか？　……苦しませるのは嫌だから眠ってもらって、飲みかけの炭酸もちゃんと真理子の足元にこぼしておいて、いつも通り、いい感じの木に吊る……）

いや、違う。愛しい相手が呼吸を止めるまで見届けるのが「いつも通り」だとすると、昨日は真理子を吊るしてすぐ、後方の茂みが音を立てたのだ。

公園の散歩道から足音が聞こえた場合は通行人が通り過ぎるのを待つだけだが、足音は雑木林の奥から聞こえてきた。

なぜそちらから、と不審に思う気持ちはあったが、それよりもこの場にいるところを見られる方がまずい。藍沢はしなやかな獣のように身をひるがえし、そのまま帰途に就いたのだった。

（……で、何も問題ないと思って、ぐっすり寝た）

すべて思い出し、藍沢は天を仰いだ。

「なんで俺はこう、慎重さや用心深さが身につかないんだ……」

後悔するも、もう遅い。

まず間違いなく財布を落としたのはあの時だ。何者かに真理子の遺体と、そのそばに落とした財布を見られてしまった。

財布の中にはうかつにも、藍沢本人の免許証が入っているし、あれが警察の手に渡れば、あっという間に捜査の手が伸びるだろう。いや、まさに今、大勢の捜査員がこの部屋に向かっているかもしれない。

「ニュースで言ってた『今朝、散歩中の女性が発見』とか『警察は自殺とみて』ってのは嘘《うそ》かー」

報道陣に何もかも正直に話すわけもないだろうし、十分あり得る展開だ。

さて、どうしよう、と藍沢は室内を見回した。

2Kの室内は一つをベッドルームとして利用し、もう一つを生活拠点として使っている。普段使っている部屋にはテレビと棚、ローテーブルが一つずつあるだけだ。趣味はないので、本やコレクション品の類《たぐい》はゼロ。

唯一、テレビの脇に手作りの人形が一つ置かれている。

「母さん、俺、どうしたらいいかな」

人形をそっと撫でて呟《つぶや》いたが、起死回生の策は思いつかない。

藍沢にできることは、部屋の掃除くらいだろう。人によっては窓やドアを目張りし、ガス自殺を図るかもしれないが、藍沢にとってはあり得ない。死にたくないというよりは、自分の生死に関して、あまり具体的に考えられないのだ。そのあたりの未熟さが、行き当たりばったりな性格を作っているのかもしれない。

「一応、確認してみようかな」

ここでじっと捜査員を待つか、一度外出して帰ってきたところを捕まるかの二択なら、外に出てみるのもいいだろう。現場ではなく、帰る途中に落としていたら、運良く回収できるかもしれない。

そんなことはあり得ないだろうと思いつつ、藍沢は上着を羽織って外に出た。

＊　＊　＊

面倒なことになった、と化野夕真《あだしのゆうま》は頭を抱えた。

指先が冷え、気を抜くと足が震えそうになる。

貧血を起こしかけているのか、目の前もチカチカしていた。

(なんで僕が)

ぐるぐると頭を回るのは、そんな益体《やくたい》もない恨み言だ。

なんで僕だけがいつもいつも、こんな目に。

二十六年間、ただ真っ当に生きてきただけなのに。

「ああ、もう……」

行き先は決まっている。

意を決して、家から出てきた。

それでも足に力を込めていないと、来た道を戻りたくなってしまう。

「……き、昨日、駅前で拾ったんです」

ぼそぼそと予行演習をしてみる。

「持ち主を探したんですけど、見つからなくて。……って、ダメだ。これじゃ、なんでその時にすぐ届けなかったんだって疑われる。ここに来る途中で、かな。だとすると、駅前で拾ったっていうのは変かも。駅からこっち方面、住宅地だし、朝は普通みんな駅に向かうし。……あっ、じゃあ今、駅前で拾ったことにすれば……いや、その場合、こっちの交番じゃなくて、駅前の警察署にいかないと……でも」

――警察。

その二文字を思い描くと、心臓の奥が凍りつくような恐怖に襲われる。

警察は嫌いだ。小さい交番も嫌だが、本格的な機能を備えた警察署はもっと嫌いだ。

彼らはやってもいないことをやったと決めつけ、執拗《しつよう》に疑ってくる。声を荒げ、指を突きつけ、机を叩き、自分を罵《ののし》ってくる。

もういっそ、「重荷」をこのあたりに置いてしまおうか。そうすれば別の誰かが拾って、交番に届けてくれるだろう。

だってそれしかないはずだ。

——起きたら、一人暮らしの部屋に見知らぬ財布が置いてありました。

そんな話、信じてもらえるわけがない。

「でも……」

ここに財布を放置して、他の誰かに盗まれたら持ち主は困るかも。

そんな考えが脳裏をよぎってしまい、どうしても財布を捨てられない。

ぐるぐると悩んでいるうちに、交番が見えてきてしまった。

どうしよう。このまま行くか？　どこかに財布を捨てるか？　駅前の警察署に行くか？

それとも……。

「あのー」

「ヒッ」

その時、いきなり肩を叩かれ、夕真は飛び上がって驚いた。

恐る恐る振り返ると、こざっぱりとしたシャツとスラックス姿の、息をのむほど美しい青年が立っていた。

「え……」

白皙《はくせき》の美貌《びぼう》、という単語が真っ先に脳裏に浮かぶ。

ただ、これは正しくないだろう。

歳《とし》は夕真と同じくらいだろうか。二十代半ばで、百七十五センチを超えたモデル体型。

茶色の髪は絹糸のように細く、きらきらと輝きながら耳にかかっていて、その奥の大きな瞳を際立たせている。きらきらとした双眸《そうぼう》はどこか、虎《とら》や獅子《しし》といった猛獣の子供を思わせ、愛くるしさと無邪気さを兼ね備えているようだった。

とはいえ、あくまでもパーツだけを見れば、典型的な日本人顔。

それにもかかわらず、白皙という単語が浮かんだのは、彼のまとう「透明感」のせいだろう。微笑みが、眼差《まなざ》しが、全身を覆うゆったりとした空気全体が、どこまでも澄《す》み渡っている。

「えっと……」

「こんにちは」

口ごもりつつ一歩後ずさった夕真に対し、男性は子供のような無垢《むく》な笑顔を返してきた。

＊　＊　＊

……ああ、なんという幸運だろう！

藍沢は心の中で快哉《かいさい》を叫んだ。

信じられない。ふれあい公園の途中にある交番付近で、こんな奇跡が起きるなんて。

（真理子が守ってくれたのかも）

被害者やその家族が聞いたら卒倒しそうなことを本気で考えつつ、藍沢は目の前でびくびくしている青年に微笑みかけた。

「交番になにか用？　迷子とか？」

「い、いえ、なんでも……なんでもないです」

じりじりと逃げようとする青年のカバンをつかんで捕獲しながら、藍沢は彼の手元を確かめた。

青年が持っているもの……間違いない。

（俺の財布だ）

青年が入ろうとしていた交番は無人。ドアは閉まっていて留守であることがうかがえた。

街の見回りという線もあるが、今日に限っては別の用事だろう。

「おまわりさんは向こうのふれあい公園に行ってると思う。今朝、自殺騒ぎがあったらしくて」

「そ、そうだったんですか」

「ああ。この街、これまで事件らしい事件なんてなかったから、バタついてるのかも。俺が呼んできてあげようか？　向こうに案内してもいいけど」

「だ、大丈夫です。ただ財布を」

へらっとあいまいな笑みを浮かべる青年を藍沢は冷静に観察した。

ずいぶんおとなしそうな青年だ。

痩《や》せていて、不健康なほど肌が白い。重い前髪の奥で自信のなさそうな瞳が落ち着きなく、あちこちを見回している。顔の造作はいいが、その挙動不審さが彼の魅力を五割ほど減少させていた。

（殺人現場で財布を拾ったんだから当然か）

なぜ昨夜、雑木林の奥にいたのかはわからないが、おそらく彼は藍沢が吊るした真理子の遺体を発見し、落ちていた財布をとっさに持ち去ってしまったのだろう。

すぐ警察に通報すればよかったものを、恐怖のあまりそれもできず、一晩たってから、恐る恐る出直してきたと考えれば筋は通る。

（俺の顔は見てないようだけど……なんとか疑われずに取り返せないかな）

いい案は思いつかないが、黙っていても怪しまれる。にこやかに話しつつ、藍沢は考えを巡らせた。

「財布を拾ったんだ？　どこで？」

「駅前です……あっ、ちがっ、この近くの道端……いや店先、だったかな……？」

「ふうん？　いつ？」

「昨夜……いやっ、今朝、ですかね。……はは」

冷や汗を流す青年を見て、藍沢は苦笑する。

まあ、これもあり得る反応だ。殺人現場で財布を拾った、なんて素直に見ず知らずの人に話すわけがない。

「具合悪そうだし、俺が代わりに警察に届けようか？」

「いいんですか？」

「もちろん。ちょうどこのあと、駅前に用があるから、そのついでに」

大嘘だ。

だが青年は疑う様子もなく、あっさりと藍沢に財布を預けてきた。簡単すぎて、藍沢の方が拍子抜けしてしまう。

（いい人だなあ）

お人好《ひとよ》し、ともいえるが、藍沢はそういう人間が嫌いではない。誰だって、善良な方がいいだろう。

「俺、藍沢結人。きみは？」

「あ、化野……夕真です」

「かっこいい名前だ。それって……」

話を続けようとしたところで、藍沢は遠くから歩いてくる警察官に気がついた。ふれあい公園での現場検証が終わったのだろうか。交番の警察官に任されるのは現場保存や人払い程度だろうし、そうした仕事が一段落ついたのかもしれない。

心なしか憮然《ぶぜん》とした表情でのそのそと歩いてくる警察官に背を向け、藍沢は夕真を促《うなが》して歩き出した。特に疑う様子もなく、夕真もついてくる。

「夕真くんは近所の人？　仕事は？」

「住んでるのは踏切の反対側です。仕事は……自営業、かな」

「へえ、奇遇。俺も俺も」

「そうなんですか？」

「まじめなサラリーマンはもう出勤してるって。ほら、十時過ぎたし」

嘘はついていない。

もともと父の顔は覚えておらず、母が他界したあとは、哀《あわ》れに思った資産家の祖父母が毎月生活費を振り込んでくれる。たまに手を出す株と仮想通貨もまた、直感のみで売買しているが失敗したためしがなかった。

どうやら自分は人よりも少し、勘が働く性質《たち》らしい。

話しながら振り返ると、警察官は藍沢たちに気づくことなく、交番に入っていった。

(彼は一生知らないんだろうな)

あと数十秒早く交番に戻ってきていたら、真理子が自殺ではなく殺害された可能性があることや、その犯人につながる重要な証拠を受け取れたかもしれないことを。

(今日はいい日だ。なんか……)

他にもいいことが起きるような気がする。

ただの勘だが、藍沢にとっては重要だ。

(今までだってそうだった)

過去、六回、恋をした。

そして真理子で七回目。

ずぼらで適当な性格が災《わざわ》いして、いつもなにかしらミスをしたが、勘に従って行動した結果、自分はまだこうして穏やかに生活できている。

「夕真くん、どこかいい店知らない？　俺、腹減っちゃった」

＊　＊　＊

夕真の行きつけだという喫茶「レオポルド」は開店直後ともあって、貸切状態だった。大きな窓から暖かな日差しが差し込む中、木目調のテーブルやカウンター、そこかしこに置かれた観葉植物が明るく輝いている。

カウンターの奥に作られた棚にはコーヒー豆やパスタの瓶が置かれ、ふんわりと香ばしい香りが店中に漂っていた。

そののどかな空気に、藍沢は思わず微笑んだ。勘に従って大正解だ。

子供のようにきょろきょろと周囲を見回し、一番日当たりのいい席を選ぶ。正面で落ち着かなさげに小さくなっている夕真と彼では、藍沢の方が常連客に見えるだろう。

「あれぇ、夕真くんどうしたの。すごいイケメン連れてきて」

おしぼりと、水の入ったグラスを運んできたマスターが目を丸くした。

四十代の男性で恰幅《かっぷく》がよく、口ひげを蓄《たくわ》えている。やや馴《な》れ馴《な》れしい親しさも合わさり、見本のような「喫茶店のマスター」だ。

「いらっしゃい。喫茶レオポルドにようこそ」

「こんにちはー。ここ、おすすめは？」

「固めのプリンとホットサンド。いや、なんでもおすすめだけどね。ちなみに夕真くんの定番はソーセージ抜きのホットドッグだよ」

「ソーセージ抜き？」

藍沢が首をかしげると、夕真は恐縮したように身をすくめた。

「あの、パンがおいしくて」

「……って言ってごまかしてるけど、ベジタリアンなんだって。夕真くん、もしかしてお友達に内緒だった？」

「友達っていうか……」

「さっき知り合ったんです」

口ごもる夕真のあとを引き継ぎ、藍沢は言った。不思議そうに目をしばたたかせるマスターに我慢できず、「藍沢です」と名乗りつつ、くつくつと笑う。

「偶然会って、おすすめの店を教えてもらった縁。よくあるでしょ、そういうの」

「あるねえ、あるある。しかもそれがいいやつだと、神に感謝したくなるよね。……ってことで藍沢さん、今日は感謝日和《びより》だよ」

「どういうこと？」

「夕真くん、すごくいいやつだから。しかも、もう全身から『僕はいいやつです！』ってオーラが出るくらいのスーパーいいやつだ」

「ああ、確かに」

財布を拾ってもらえて、藍沢も窮地《きゅうち》を救われた。

しかもそのあと、その話を蒸し返さずにいてくれる。今すぐ警察に届けなくていいのか、と急《せ》かされたら、さすがの藍沢も怪しまれないように退店しなければならないところだった。

（厄介《やっかい》なものが手を離れたから、全部忘れることにしたのかも）

まあ、安心してほしい、と藍沢は胸中で夕真に語りかけた。

自分が殺すのは、心から好きになった人だけだ。遺体を発見しつつも黙っているだけの市民に手は出さないし、たとえ夕真が昨夜、現場で藍沢の姿を目撃していたとしても同じことだ。

黙ってくれるならありがたい。金銭で片をつけてくれるなら、それも快《こころよ》く受け入れよう。要求がエスカレートするようなら困ってしまうが、それはその時に考えればいいことだ。

（まあ、見た感じは大丈夫そうだ）

夕真はずっとそわそわしているが、それは殺人鬼を前にした恐怖心ではなさそうだ。多分、相当な人見知りなのだろう。

ならばここで遅めの朝食をともにすることに、なんの問題もない。どうせ自分はすぐにこの街を引っ越すのだから。

「じゃあマスターのおすすめのプリンとホットサンド。あとブレンドコーヒー一つ」

「ご注文ありがとうございまぁす」

愛想よくマスターが応じる。

「あ、僕もホットドッグとコーヒー。……あの、ソーセージ抜きで」

「了解だけど夕真くんは今日こそ値引きするからね！　半額だからね」

「それはダメだよ！　これは僕のわがままだから」

「肉ありと肉なしで同じ値段取ってたら、そっちの方が問題でしょう」

「そんなこと言われるなら、明日からはもう来られない……」

「なんでそうなるの！」

大真面目《おおまじめ》に悲壮《ひそう》感のあるやり取りを繰り広げている二人に、藍沢は目をしばたたいた。

藍沢よりもはるかに年上のマスターにタメ口を使っているあたり、夕真は相当な顔なじみのようだが、

「もしかして毎回、値下げする、しないのやり取りをしつつ、マスターが押し切られてるんです？」

「そうなんだよ……。マスター、心苦しいよ。こういう個人経営の喫茶店のだいご味は、常連さんとの密な関係でしょ？　そういうのに憧れて脱サラしたようなものなのに」

「十分よくしてもらってるって」

「……って、いつも言うんだもんなあ。前に野菜だけのホットドッグって新メニューを作ろうとしたら、思いっきり涙ぐまれてさ……。『そこまで面倒をかけていたなんて、ごめんなさい』って出て行かれそうになったから、強く出られなくて」

「だって野菜だけのホットドッグなんて、絶対僕しか頼まないよね。そういうのはダメだと思う」

「……この気弱な強情ボーイは全くもう」

　マスターがしょんぼりと肩を落とす。

　どちらも相手に損をさせないための提案をしているが、だからこそ話は平行線をたどっているようだ。のどかではあるが、どちらも居心地が悪そうに見える。

（なにかいい案はないかな）

　普段は何事も適当に流す藍沢だが、今日は財布も戻ってきたし、気分もいい。メニュー表に目を止め、なんとなく口をはさんだ。

「じゃあ今日のおすすめ『豆腐とおからのハンバーグ』……をパンにはさむとかは？」

メニュー表をくるりと二人の方に向けた瞬間、マスターがぐわっと身を乗り出してきた。

「それだーっ！　夕真くん、豆腐ハンバーグ嫌い!?」

「す、好きだけど、そんな面倒なこと頼めな……」

「今から豆腐ハンバーグサンドを販売します！　名付けて『化野スペシャル』一丁！」

「えええっ？」

「豆腐ハンバーグサンドなら、他のお客さんも頼むから問題なし！　だよね、藍沢さん！」

「ええ、俺もホットサンドから化野スペシャルに注文変更で」

「かしこまりました！　……あー、オリジナルメニューを作るのも夢だったんだ〜！　やっほう、今日はどんどん夢が叶《かな》うぞ！」

常連客を歓待できることと、オリジナルメニューを作ること。

両方が一度に叶ったとあって、マスターは小躍《こおど》りせんばかりの勢いだ。カウンターの奥に飛び込み、すさまじい勢いで豆腐とおからのハンバーグを焼き始める。

あっけに取られてそれを見送った藍沢と夕真は顔を見合わせ、同時に噴き出した。

「ははっ、すごい嬉しそうだ」

「そうか……ああ言えばよかったんですね」

「夕真くんは甘えるのが苦手？」

「父が厳しい人だったので……マスターは違うってわかっても、自分の都合で相手を振り回すことに抵抗感があるんです」

「あんまり遠慮しすぎると疲れない？　俺は我慢とか遠慮とか、一番苦手だ」

うっかり本音を口にすると、夕真ははにかむように苦笑した。

「僕は逆かも。我慢も遠慮も結局自分の中で完結することだから、楽なんです」

「ふーん、そういうものか」

藍沢の中にはない考えだ。

我慢も遠慮も息苦しさの代名詞のように感じてしまう。

そんなもの、生まれてから一度もしたことがない。いつだってやりたいように生きてきたし、これからもそうやって生きていく。誰かに力ずくで止められるまで、きっと自分は止まらないだろう。

（まあ、でも仕方ない）

こんな風にしか生きられないのだから、このまま生きていくだけだ。

【2】 甘い記憶

数日後、藍沢《あいざわ》は数駅先にある劇場に来ていた。

劇場といっても音響設備の整った施設ではなく、雑居ビルの一階だ。「みのり座」と看板のかかったそこは普段、小さな劇団の活動拠点になっていて、公演のある時だけ劇場として一般開放されているのだろう。出入り口の周りにはいくつか、小さな芸能事務所や映画配給会社からのフラワースタンドが並んでいる。

「結構にぎわってるな」

あたりを見回し、藍沢は感嘆のため息をついた。

入り組んだ商店街の奥にあるものの、劇場の周辺にはそれなりに人が集まっていた。

年配の男女から中高生まで年齢層は幅広く、服装なども様々だ。役者や劇団スタッフも総出で客たちと談笑しているところを見ると、客のほとんどは劇団員の家族や知人なのかもしれないが。

「ええ、今回はかなりの自信作で」

劇場の前でサングラスをかけ、顎《あご》ひげを生やした男性が笑った。堂々とした態度や口調からして座長だろうか。

周囲には身なりのいい老夫婦やスタッフが輪になっている。

「最初は揉《も》めましたけれどね。脚本家が初稿と第二稿で、全然違う話を書いてきて」

「おや、大丈夫だったんですか」

「最初は突っ返そうかと思ったんですが、悔しいことに出来がよかったんですよ。何度も同じことをやられては困りますが、今回は不問にしました」

「その脚本家の方は本日……」

「ひどい人間嫌いのようでね。自分は脚本を書くまでが仕事なので、あとのことは勝手にやってくれ、と。面白いものを書くという噂《うわさ》だったので使ってみましたが、扱いづらいやつでしたね」

「芸術家とは得てして、そういうものかもしれませんねえ」

「まあ、芸術だなんだと言われたら、私もわからないわけじゃありませんけどね」

プライドを害したように、座長が即座に言い返す。

恐縮したように身をすくめる老夫婦と偉そうな座長を見比べ、藍沢は少し嫌な気分になった。老夫婦相手に威張る座長に対する不快感と同時に、「芸術を上から評価する」相手への腹立たしさを覚える。

藍沢の知るクリエイターは皆、ひたむきに創作に打ち込んでいた。誰かに評価されなければ成り立たない商売だが、それがわかっていてもなお無限大の苦悩と情熱を注ぎ、命がけで形にしていたように思う。

だからこそ藍沢は彼らを尊敬するのだ。

敬意をもち、感嘆し、魅了され……そしていつしか愛してしまう。

(利己的なのは俺も同じか)

冷静にそう判断できるのに止まれないのだから、自分はほとほと壊れているのだろう。

(ここが真理子《まりこ》のいた劇団……)

小劇場の出入り口は「八百万《やおよろず》」とタイトルのついたポスターとフラワースタンドで華やかに飾りつけられていた。

その奥にひっそりと「仲間・郡山《こおりやま》真理子を偲《しの》んで」という張り紙と写真立てが置かれていたが、残念ながら花やポスターが派手すぎる。来客たちは皆、それらに気を取られてしまい、写真立てには気づいていない。劇団員たちも自分から真理子の話はしていないようだった。

「あ」

そんな中、藍沢はまっすぐに歩いてくる男女に気づいた。

一人は中年の女性。もう一人は高校生くらいの少年だ。女性は喪服を、少年は真っ黒な服を着て、顔をこわばらせながら一直線に近づいてくる。

客たちは怪訝《けげん》そうな顔を向けるだけだが、座長だけはハッと息をのんだ。一瞬応戦するような構えを見せたが、すぐにおじけづき、そそくさと劇場に入ってしまう。

（なんだ）

待ち受ける度胸もないのか、と藍沢は座長に対する興味をなくした。それよりも近づいてくる二人から目が離せない。

真理子の写真に手を合わせ、彼らは死地に挑むような悲痛な表情で劇場に入っていく。

――見つけた。

あの二人に間違いない。

藍沢は微笑《ほほえ》み、軽やかな足取りで二人を追った。

＊　＊　＊

埃《ほこり》っぽい劇場内は独特の空気で満たされていた。

手作り感のあふれる大道具や照明。木材の匂いとペンキの匂い。

衣装も音響も優れているとは言えないが、そうした稚拙《ちせつ》さが観客と演者の一体感を高めているのか、心地よい緊張感が場内に立ち込めていた。

「きみの助言に従い、樽《たる》いっぱいの美酒を用意した」

舞台上で、男性が声を張り上げた。

衣装は白い布をベースに、あちこち縫い合わせただけの簡素なものだ。舞台が神話時代だからだろうか。

彼を支えるように、長い黒髪をなびかせた女性が進み出た。

「この短期間でよくぞ準備を整えました……。努力なさいましたね」

たれ目でグラマラスな体つきは観客に、記号としての「母性」をわかりやすく伝えている。

藍沢もそれが悪いとは思わない。

ただ「座長は楽をしたなあ」とは思った。

母性を表現するには多くの手法があったはずだ。演技や演出を練り、自分たちにしかできないものを探っていれば、この舞台はもっと深みを増しただろうに。

「滝に打たれて身を清め、精神も研《と》ぎ澄《す》ませてきた。あとは……」

「はい、この短刀で、アレの胸を一突きに……」

「錆《さ》びている。……本当にこれで大丈夫なのか？」

「見た目に惑わされてはなりません。正しい刃《やいば》を用いねば、化け物は倒れぬが道理」

あくびをかみ殺しながら、藍沢は斜め前方に目を向けた。

劇場の外で見かけた男女は食い入るように舞台を見据《みす》えている。

集中して楽しんでいるようにはとても見えない。二人はきつく唇をかみしめ、舞台上でひらひらと動く女性だけを見据えていた。

真っ赤なライトに照らされた舞台上にも、薄暗い観客席にも、その壮絶さに気づく者はいない。藍沢一人を除いては。


「……あのー」

演劇が終わり、ぞろぞろと客が帰っていく中、藍沢は二人の男女を追った。

足早に去っていく二人に追いつくのは少し苦労した。いくつかの曲がり角を過ぎたあたりでようやく追いつく。

怪訝そうに振り返る彼らに、藍沢ははじけるような笑顔を向けた。

「こんにちは、真理子さんのご家族ですよね？」

「え……」

不審げな雰囲気がこわばったものに変化する。

（まずいまずい）

浮かれすぎて、順序を間違えた。

藍沢は咳《せき》ばらいを一つし、落ち着いた笑みに切り替えた。

「急にごめんなさい。僕、藍沢といいます。以前、営業でこのあたりを回っていた時、真理子さんと知り合って」

嘘《うそ》八百だ。

だがその嘘を補強するように、藍沢は胸元から名刺入れを取り出した。

こういう時のために、大量の名刺を持ち歩いている。名前は「藍沢結人《ゆいと》」だが、職業や肩書きはすべて違う。一部上場企業の営業マン、フラワーショップの店長、フリーライター、弁護士、その他もろもろ……。すべて印刷会社のサンプルを適当に流用した代物《しろもの》だが、軽く話したいだけの相手には十分事足りる。

素早く相手を観察し、藍沢は名刺入れから一枚選んで女性に差し出した。『盤泥《ばんでい》建設会

社　第一営業部　第二営業課　藍沢結人』。

「盤泥……あの有名な?」

実在している一部上場企業だけあって、女性はやや警戒心を解いた。

「真理子のお知り合いでしたか。私は母の智子《ともこ》……こっちは弟の敬之《のりゆき》です」

「目元が真理子さんによく似てます。さっき、劇場で見かけて、そうかなと思って追いかけてきたんです」

「はあ……娘とはどういう……」

再び智子の声に慎重さがにじんだ。

死んだ娘の知り合いだという成人男性となれば、あれこれ想像するのももっともかもしれない。弟の敬之はもっと露骨に、きつく藍沢をにらんできた。

「あんた、もしかして姉ちゃんの彼氏?　そういうのがいるって聞いたことはなかったけど、あんたが……」

「いやいや、たまたま知り合った雑談相手みたいなものだって」

「なんだよ、それ」

「三カ月くらい前、このあたりの取引先を引き継いだんだけど、道に迷ってさ。公園で見かけた真理子さんに聞いたら、親切に教えてくれたんだ」

半分嘘で、半分本当だ。

外回り中だった、という部分は嘘。勤め人として働いたことはないので、ドラマや映画で観《み》た知識で適当に話す。

だが、公園で初めて真理子に話しかけたのは本当だ。

一人きりでわき目もふらず、通行人の目も気にせずに発声練習をしていた真理子に魅入られた。一目惚《ぼ》れだったといってもいい。真理子本人にも明かしたことはないけれど。

「真理子さんが劇団に所属していることも、その時に聞きました」

藍沢は智子に視線を戻し、言葉を続けた。

「ひと月前、主役が決まったと言われたので、チケットを買ったんです。そのあとしばらく見なかったので、稽古《けいこ》が忙しいんだと思っていたんですが……」

「……っ」

「やめろよ！　姉ちゃんはもう……」

声を荒げる敬之を制し、智子は持っていたハンドバッグから慌てて財布を取り出した。

「すみません。娘がチケットを買わせてしまったんですね。あの子、そういう強引なところがあったので……。チケット代はお返しします。今……」

「ああ、そういう意味じゃないんです。どうやって知り合ったのかを説明しようと思っただけで。真理子さん、すごく一途《いちず》に頑張っていました。情熱的で、生き生きとしてて……会うたび、僕まで元気になれたんです」

「確かに……ええ、そうですね、娘は本当に演劇一筋でした」

藍沢の言葉に嘘がないとわかったのか、智子は目を伏せ、何度もうなずいた。

「将来や就職のことを聞いても『役者一本で生きていく』としか言わなくて……。父親はもう諦《あきら》めて何も言わなくなりましたが、私はよく反対しました。夢ばかり追っていないで、将来のことを考えなさいって。甘い考えが通用するほど、世間は優しくないんだから、って」

「現実的だ」

「おかしいですよね。短大を出てすぐ家庭に入ったくせに偉そうに……。娘からもよく、そう言い返されました。きっと嫌われていたと思います。本当に、なんであんなに否定的なことばかり言ったのか……」

重く、苦しい声だった。

唇をかみしめ、目に涙をためる智子からは後悔してもしきれない様子が伝わってくる。

(当たりだ)

……もしかしたら、こう思っているかもしれないと思ったのだ。だから彼女たちを探しに来た。公演初日なら、劇場で会えるかもしれないと思ったから。

「真理子さんに苦労させたくなかったんですよね。大丈夫、真理子さん、ちゃんとわかってましたよ」

「え……？」

「だって言ってました。『お母さんは私のことを本当に心配してくれてる。好きにしなさいって言うだけで、空気みたいに扱う親父《おやじ》とは違って、いつも真剣にぶつかってきてくれる。たまにめちゃくちゃうっとうしいけど、私のお母さんがお母さんでよかった』って。ただ、それでも夢を諦めきれなくて申し訳ない、とも言ってましたけど」

「そんな……そんなことを」

何かを言いかけ、智子は口元を押さえた。

道端だというのに、その目からこらえきれず涙がこぼれ落ちる。

母を支えるようにその腕をつかんだ敬之も、きつくかみしめた唇が震えていた。

（やっぱり母親って子供のことが大事なんだな）

理解を示すように、藍沢はゆっくりとうなずいてみせた。

自分の殺した少女の家族を苦しませたかったのではない。純粋な……本当に純粋な厚意で、藍沢は智子たちに真理子から聞いた話を伝えたかったのだ。

「真理子さんはご家族をとても大切に思っていました。それを多分、直接は伝えていなかったと思ったので……今日、思わず声をかけてしまったんです」

「本当にそれだけか？　そんなことまで話すなんて、やっぱりあんた、姉ちゃんの……」

「弟くんだって、他人の方が話しやすいことはあるだろ？　テストの点が悪かった時、両親と公園で会ったおじさん。どっちに話す？」

「それは……確かにおっさん」

「じゃあ、テストで百点取ったら？」

「それは家族。……ああ、そういう」

「うん、真理子さんもいいことがあったら、真っ先にご家族に連絡したと思う。そうだろ？」

「……かもな。主役が決まった時、家族だけのグループチャットに連絡がきた。俺も母さんもすげー喜んで、絶対に行くって即返信して、知り合いにもチケットを何枚も配って、学校でも自慢して……」

……そして、主役を降ろされた。

藍沢はあの日、偶然ふれあい公園でうなだれている真理子と出会い、その話を聞いたのだ。後々《のちのち》スマホの連絡先からたどられないよう、電話番号などは教えていなかったので、あの日、出会えたのは運命だったと思っている。

（だって、真理子がもっとも輝く瞬間に立ち会えた）

しかもそろそろ必要になりそうだと思って、縄を新調したその日に。

もしかしたら真理子が心の中で、自分を呼んだのかもしれない。

「さっき座長の人が話してたね。脚本がどうとか」

なにも知らないふりをして、藍沢は敬之に話を振った。

抑え込んでいた怒りが膨れ上がったのか、敬之の目に炎が宿る。

「脚本家が勝手に中身を変えたって聞いた。元は荒神を倒す強気な巫女《みこ》の話だったのを、男を導く賢《かしこ》くて温和な巫女にしたとかなんとか。それを読んだ座長が、そういう性格なら姉ちゃんにはあわないって考えたらしい」

「真理子さんは勝気だったから、か。……でもそこが真理子さんらしいところだったし、彼女ならどんな役でも頑張ったんじゃない？　めちゃくちゃ練習して、完璧にやり遂げたと思うな」

「俺たちもそう思う。でも座長は試しもしないで、姉ちゃんには無理だと決めつけたみたいだ。そういうの、俺たちはあとになって、劇団の人から聞いたんだけどさ」

「最初は座長から口止めされていたようで、なかなか話してくれなかったんです。何度も頼んだら、やっと何名かが教えてくださって……。でも……座長は一言も謝らなかった。勝手に絶望した真理子が悪いといわんばかりの態度で……」

「脚本家には結局会えないままだしさ。座長が連絡しても、自分は仕事を受けただけなんだから、その結果どうなろうと関係ない、って言ってるらしくて、俺たちの前に出てきてもくれない」

「それはひどいな」

口々に話す智子と敬之に、藍沢は相槌《あいづち》を打った。

初めて聞いた、というようにやや驚いた表情で。

（まあ、全部知ってるけど）

配役変更が言い渡されてから数日間、真理子本人は毎日座長に直談判《じかだんぱん》していたし、公園で藍沢と会う直前には、脚本家本人にも会いに行ったようだ。

今からでも脚本を初稿の展開に直してほしいと訴えた、と言っていた。座長が考えを改めない以上、脚本を元の形に戻してもらうしか手はないのだと。

だが、脚本家は無情にもそれを突っぱねたそうだ。こっちの方が確実に面白いのだから、直す気はない、と言い切ったらしい。

（どっちが正しいかなんて俺にはわからないけど……）

藍沢は「あの日」、怒りに震えながら事の顚末《てんまつ》を話す真理子を見つめつつ思ったのだ。

――ああ、なんて美しいんだろう、と。

荒れて感情を爆発させ、泣きわめき、座長と脚本家、新たに抜擢《ばつてき》された巫女役をすべて平等に呪い……数時間後、「この程度じゃ諦めない」と言ったのだ。

涙に濡《ぬ》れた目を光らせ。

泣きつかれてしわがれた声で。

鼻や頬《ほお》を赤くし、現実に打ちのめされながら。

それでも「次こそは」と言ってみせた。

次こそは、絶対に主役になって観客全員を魅了してみせる、と。

その姿にしびれたのだ。

感動し、降参し、すっかり虜《とりこ》になってしまったと言ってもいい。

藍沢としてはもう少し愛を育てて楽しみたかったのに、気づいたら新たに炭酸飲料を買い、こんな時のために持ち歩いていた強力な睡眠導入剤を混ぜていた。

泣き疲れていたせいか、連日よく眠れなかったせいか、薬は驚くほどよく真理子に効いた。

彼女の命を絶ったことを後悔はしていない。

彼女の魂《たましい》が一番輝いたのはあの瞬間だと断言できる。

だがそれでも少し惜しんでしまうのは、きっとそれだけ真理子が魅力的だったからだろう。

「でも……一番許せないのは私自身、です。なんでもっとちゃんと真理子の話を聞いてあげなかったのか……」

悲痛な智子の嘆きで、藍沢は我に返った。

神妙な表情はできていた気がするが、すっかり意識を「あの日」に飛ばしていた。

真理子の激情と、息絶える時の美しさ。あの瞬間、確かに自分は真理子の魂に触れたのだ。

「ちょっと様子がおかしいことには気づいていたんです。もしかしたら稽古がうまくいっていないのかも、とも思いました。でもあの子はいつだって負けなかったから……何度オーディションに落ちても、端役しかもらえなくても、いつだってあの子は立ち上がってきたから、今回も乗り越えるだろうと思い込んでしまったんです。でも……でも」

「そうだ。俺たちがもっと真剣に話を聞くべきだった。なんかピリピリしてるな、なんて流さないで、あの時に俺たちが異変に気づいていたら、こんなことには……」

「警察はなんて？」

「刑事さんには謝られたよ。自分たちが夜回りしてたら、見つけられたかもしれない、ってさ。警察が悪いんじゃないのにな」

「見つけていたら、話を聞いて自殺を止められたかも、ってこと？」

「……？　他にないだろ」

首をひねる敬之にあいまいにごまかしつつ、藍沢は心の中で快哉《かいさい》を叫んだ。

そうだろうと思ってはいたが、間違いない。警察は真理子の件を自殺だと判断し、藍沢に捜査の目は向いていないらしい。

これは真理子が置かれた状況が大きく関係しているだろう。念願叶《かな》って主役を勝ち取ったと思ったら、他者の気まぐれで降ろされた。それは自《みずか》ら死を選ぶほどつらいことに違いないと母親も、弟も、警察も……誰も彼もが勝手に想像し、納得してしまったのだ。

（真理子はそんなに弱くない）

その強さを藍沢だけが知っている。

真理子にとっては、悲劇でしかないだろうが。

【3】 新たな恋を

復讐《ふくしゆう》は蜜の味、という言葉を西木《にしき》は全く信じていない。

復讐の味はいつだって泥のようだし、鉄やコンクリート、アスファルトのようだ。それらを舐《な》めたことはないが、味わえばきっと納得するだろう。

この六年間、ずっとそうだった。

自分の世界が死んだあの日から、何を食べても苦みを覚えるし、寝れば、どろどろとした泥に沈んでいく悪夢ばかりを見る。

寝ても覚めても気が休まる時はなく、どんなに美しい光景を見ても、心は微動だにしなくなった。

肌はしわだらけになり、筋肉は削げ落ち、鏡を見るたび、まるでミイラのようだと自分でも思う。

骨と皮だけになりながら、よくもまあ生きていられるものだと呆《あき》れる反面、こんなところで死んでたまるか、とも奮い立つのだ。

まだ何も成し遂げていない。憎き男はのうのうと司法の目を逃れ、穏やかに生活している。

そんな不条理を許してなるものかと自分自身に言い聞かせる。

娘が味わった苦痛を何百倍にもして、彼女の奪われた人生分の対価を払わせる。……そのために、自分は残りの人生をすべて捧《ささ》げると決めたのだ。

「……」

今日もまた、西木は自室にあるパソコンの前に座った。

きちんと喪服を身にまとい、胸には遺影を抱いて。

一つだけブックマークしてあるのは、チャット型のコミュニケーションツール。複数の利用者がそれぞれ独自のスレッドを立て、リアルタイムで議論することもできるし、個別にダイレクトメッセージを送ることもできる。

珍しいのはこれが、「個人」の作成したツールであること。

そのURLは西木たち、ツール運営の趣旨《しゆし》に賛同している者たちによって慎重に広められ、一般人が知ることはない。

シンプルな画面にはいくつものアイコンが並んでいる。

今、ログインしているのは五、六……七人だ。

どのアイコンも、遺影を抱いた胸元の画像になっている。

——ミカコの父：おはようございます。

西木は慣れた仕草でキーボードを叩いた。

六年前まで不動産業を営んでおり、データ管理はパソコンで行っていた。時代の流れには乗る主義……といえば聞こえはいいが、娘に呆れられたくない一心だったようにも思う。頭の固いクソ親父《おやじ》扱いされるのが嫌で、こそこそとパソコン教室に通ったが、結局、娘にブラインドタッチを披露する機会は来なかった。

見せたら驚いてくれただろうか。それとも「そんなんじゃまだ甘い」と言われてしまっただろうか。画像編集ソフトを使いこなし、写真加工からデザイン制作までデジタル環境で行っていた娘には一生追いつける気がしない。

——サヨの母：おはようございます。

——タクミの姉：いい朝ですね。

即座にパソコン画面上に、他のユーザーから返事がくる。

この素早さは「待機組」だとわかっているため、西木も無駄な雑談はしない。

——ミカコの父：対象宅の図面は手に入れました。今、画像を送ります。　@サヨの母

――サヨの母：ありがとうございます！　こういうことにお許しいんですか？　@ミカコの父
――タクミの姉：それは聞かないのがルールですよ。　@サヨの母
――サヨの母：……そうでした！　失礼しました。　@タクミの姉
異様なハンドルネームがずらずらと並ぶが、変更したいと言い出す人はいない。
誰もが皆、最愛の人の名を胸に、戦うのだ。
ここは弱者の寄り合い所。
世の中に跋扈《ばっこ》する化け物たちに対抗するために、手を取り合わなくては。

＊　＊　＊

数日後、藍沢《あいざわ》はふらりと喫茶「レオポルド」を訪れた。

用事があったわけではなく、以前ここで食べた「豆腐ハンバーグサンド」がおいしかったためだ。食に対するこだわりのない藍沢だが、マスターが自信作だと豪語《ごうご》する豆腐ハンバーグはふわふわで、生姜《しょうが》やワサビの風味も漂う和風のサンドイッチになっていた。

一口食べた夕真《ゆうま》が目を丸くし、「おいしい」と顔をほころばせたことも覚えている。

（まあ、もうじき引っ越すし）

その前にもう一度、という程度の思いつきだった。だが、

「……あ」

喫茶店の扉をそっと開けたところで藍沢は目を丸くした。

カウンターの一番隅《すみ》に夕真がいる。それは驚くことではないが、目を止めたのは彼の放つ空気感のようなものだった。

店で一番暗い場所で、夕真は一心不乱にノートパソコンに向かっていた。

藍沢の入店を知らせるベルの音も、マスターが応対してくれた声も聞こえてないようだ。その目はひたむきにパソコン画面に注がれ、どこかにそれることはない。

「……」

なにか問題があったのだろうか。

少し手を止め、ぎゅっと眉根を寄せる姿は不当な弾圧に耐える革命期の市民のようで……、やがて、頰《ほお》を高揚させて夢中でキーを叩き始める姿は恋に溺《おぼ》れる少年のようだった。

「いらっしゃい、藍沢さん！　おーい、夕真く……」

「……マスター、大丈夫」

夕真に声をかけようとしてくれたマスターを制し、藍沢は脇のテーブル席に座った。そ

こなら夕真の姿がよく見える。

彼のような者を知っている。

彼のような瞳を知っている。

まっすぐに、一途《いちず》に、ただひたすら夢に向かって進む姿を……自分はこれまで何人も見てきた。

「……はは」

そうした姿に何度魅入られたかわからない。見つけた瞬間、相手を中心にして、世界の彩度が上がり、視界に白いフォーカスがかかったような錯覚に陥《おちい》る。普段はなにがあっても同じ速度で動く心臓がきゅっと縮み、続いて力強く存在を主張し始めるのだ。

(参ったな)

……恋は一つの街で一度だけ、と決めているのだけれど。

自然と熱を帯びるため息を自覚しながら、藍沢は天井を仰いだ。

彼の「恋」は性愛を伴《ともな》わない。相手になにかを求めることもないし、その人の日常を侵食したいとも思わない。

通常の恋愛とは違うが、友人や愛玩《あいがん》動物に向ける愛情とも違い、うまく言語化できないモノだ。

ただ、この「恋」に落ちてしまうと、自分は止まれない。文字通り、夢中になってしまう。

(引っ越しはもう少しあとになりそうだ)

思いがけない展開に藍沢がひそかに苦笑した時、一段落ついた夕真が顔を上げた。

「あれ?」

目を丸くする顔がやけに幼く、藍沢は笑いながら片手を上げた。

「来ていたんですね」

隣の席に移動した藍沢に、夕真がはにかんだ。

ややばつが悪そうに見えるのは、自分が作業に没頭していて、藍沢に気づかなかったからだろうか。これまで藍沢が好きになった人たちはどちらかというと、傲慢《ごうまん》なほど周囲に気を使わない人が多かったので、これは少し新鮮だ。

「声をかけてくれればよかったのに。いや、お前が気づけって話ですけど」

「真剣な人の邪魔はしない主義なんだ。それ、仕事?」

注文した豆腐ハンバーグサンドとコーヒーを堪能しつつ、藍沢はノートパソコンを指さした。いきなり立ち入ったことを聞いたが、夕真は不審がる様子もなく、こくりとうなずく。

「しばらく取り掛かっていたんですけど、やっと終わりが見えてきました」

「自営業って前に言ってたよね。それって……」

「脚本……を書かせてもらってます。一応。最近、ぽつぽつと仕事がもらえるようになってきて」

「すごいな、クリエイターだ」

驚きつつも、藍沢は納得した。

自分が好きになる相手はいつもそうだ。

漫画家、舞台俳優、画家、デザイナー。……なにかを作り出す人や、表現しようとしている人を好きになる。自分がそうした才能に全く恵まれなかったため、憧れの気持ちが強いのかもしれない。

「ずいぶん集中してたけど、いいものになりそう？」

「はい……と言いたいところですけど、これはちょっと苦手分野で。一応ちゃんと書けたつもりですけど、座長が気に入るかどうかは自信がないです」

「苦手分野？　ああ、ホラーとか」

「ホームドラマです。……和解させるために揉《も》めさせるとか、泣かせるために傷つけるとか、まず求められるエンディングがあって、そこに向けて山場を作る感じがどうにも苦手で」

「ああ、なるほど。ホラーとかは主人公が生還するかどうかは最後まで見ないとわからないもんな」

「アクションも、主人公側が勝つのは決まっていても、主人公が死ぬか、悪が改心するか、そのまま死ぬか、とかは作品によって違うじゃないですか。そっちの方が書いてて楽しいんです」

「じゃあ、夕真くんが書きたいのはアクションなんだ？」

気弱を絵に描いたような青年にしては少し意外だったが、逆に彼「らしい」とも思える。自分の中にないものを絞り出し、形にしていくタイプなのだろう。

——それもそれで、とてもいい。

藍沢が目を細めて微笑《ほほえ》むと、夕真はあたふたとうろたえ、やがて苦笑いをした。

「書いてみたいですけど、なかなかそんな仕事は来なくて……。そういうのは動ける役者がたくさんいる大きな劇団か、アクション映画のオファーが来ないと。……でも大きなお金が動くプロジェクトに、僕みたいな無名の新人が呼ばれることはめったにないんですよね」

「そうなんだ」

「だから、そっちはまるきり趣味です。いつか形になったらいいなーって思いながら、コツコツと」

「仕事じゃないのに書いてるんだ？　そうかあ」

――それは、ますます「いい」。

藍沢はうきうきした心地で、懐《ふところ》から名刺入れを取り出した。

やめておいた方がいい、などという一般的な感覚は元から備わっていない。嘘《うそ》をつく罪悪感もない。

これは藍沢個人の性格というよりは育ちのせいなのかもしれない。誰も藍沢に、偽称がいけないことだとは教えてくれなかった。

「俺、実はこういう者で」

慣れた仕草で「フリーライター　藍沢結人《ゆいと》」の名刺を差し出すと、受け取った夕真が目を丸くした。

「フリーライター!?」

「あちこちの局に出入りしてるから、夕真くんが自信作書けたら話を通せるかも。だから予算とか規模とか考えないで、本当に書きたいものを書いてみたら？　もう、これが絶対！　ってやつ」

「はい！」

ひるむかな、と思ったものの、夕真は即答した。

普段は気弱さが服を着ているような男なのに、少し意外だ。

本気を出した上で失敗したら自分のすべてを否定されるかも、などとは考えもしないらしい。大きな壁を前にして、二の足を踏むこともないようだ。

「……ふ」

夕真の素質を感じ取り、藍沢はぞくぞくする。

彼は本物だ。真理子《まりこ》と同じく、一つのことに自分のすべてを賭《か》けている。

「よかったじゃん、夕真くん！　だから僕も言っただろ？　人生、うまくいかないことがあっても、頑張ってたらいいことあるって」

コーヒーを二つ、カウンターに置きながらマスターが笑った。

ちょうどカップが空になり、注文しようとしていた藍沢は目を丸くする。

「常連さんにコーヒーのサービスってのも、喫茶店っぽくて憧れてたんだよね」

マスターはおどけた仕草で、ぱちんとウインクをした。

「俺、まだ二回目ですけど」

「いいのいいの。常連の夕真くんの友達だし、これから常連になってくれるかもしれないし」

「おお、なるなる」

調子のいい返事はお手の物だ。遠慮なく二杯目のコーヒーを堪能しつつ、藍沢は夕真とマスターを交互に見つめた。

「なにかあった？」

「えっと……」

「一つ前に書いた脚本の支払いを値切られちゃったんだって。途中で内容を変えたのが契約違反だ、とか言われたらしいよ」

「……ん？」

一瞬、なにかが藍沢の脳裏に引っかかった。

どこかで聞いたような話だ。

「いえ、勝手に書き換えたのは僕なので……」

「夕真くん、なんでそんなことしたわけ？」

「こっちの方が面白いって思っちゃったんです。初稿を出したあとでひらめいたら止まらなくなって、気づいたらろくに寝ないで、ほぼ全部書き直してました。渡した時は座長も、こっちの方がいいって言ってくれたんですけど」

自信なさげに小さくなる夕真に、マスターの方が憤慨《ふんがい》したようにカウンターを叩いた。

「最初から難癖付けて、ちゃんと払う気がなかったんだと思うな、僕。初稿のままでも絶対何か言ってきてたよ」

「そうと決まったわけじゃ……」

「でも舞台初日にも呼ばれなかったんでしょ？　夕真くんが行ったら、お金や契約の話を暴露されると思ってビビったからだって」

「……ふっ」

こらえられず、藍沢はつい噴き出した。

……やっと合点がいった。

どこかで聞いたことがあるも何も、記憶に引っかかって当然だ。これはすべて、真理子やその家族、劇団みのり座の公演初日に座長が話していた内容と一致するではないか。

（なんだ、この偶然）

つまり、真理子が主役を降ろされたのは、夕真が脚本を書き直したせい。

そういう意味では、夕真は加害者だが、その彼も支払いを値切られたという意味では被害者になる。

　そしてその二人ともが、こうして藍沢の心を奪って離さないのだから、これが喜劇でなくてなんになろう。

「藍沢さん？」

　くつくつと笑いが止まらない藍沢を見て、夕真が怪訝《けげん》そうに首をひねった。

「ごめんごめん。夕真くんは脚本を書くのが大好きなんだなって思ったんだ」

「え？」

「だって、さっきの口ぶりからして、値切られる覚悟もしてたみたいだからさ。それでも、自分の直感と発想を優先したくて直したんだろ？　そんなことしたら、絶対どこかしらと揉めるのに」

「それは……そうですね。僕のせいで主役を降ろされたっていう役者さんに怒られました。いつだったか、夕方ここで、待ち伏せされていて」

「あれはすごい剣幕だったねえ。コーヒーを出そうと思ったけど、なんとなく危なそうだな？　って思って僕、水にしたもん。そしたら案の定、夕真くんにバシャーッて」

「うわあ、激しい」

「水で助かりました。そのあともずっと色々言われて……。『初稿の展開に戻しなさいよ、あっちだって別に悪くなかった。どんなに脚本が駄作でも、私が面白くしてみせるんだから！』って言われたので、なんというか僕もムキになってしまって」

「ムキに」

あまり想像できない光景だ。

藍沢がオウム返しに尋ねると、マスターが感慨深そうにうなずいた。

「そうそう、ずっとびくびくしてた夕真くんが、あの時はちゃんと言い返したもんね。『こっちの方が面白い。僕は絶対に直さない』って」

「ははっ、すごく見たかったな、それ」

「笑い事じゃないですよ、藍沢さん！　言い返したら、思いっきり椅子《いす》を蹴られて、僕は椅子から転げ落ちるし……」

「彼女は嵐のように去っちゃうしねえ。……そういえば、あの時は夕真くんもすぐにしょんぼりしながら帰ったけど、あれからちゃんと話せた？」

「ううん、あの日は結局見失っちゃって……。でもそのあと一度も来ないところをみると、わかってくれたんだと思う」

夕真はマスターに弱々しく微笑んだ。

「劇団からも銀行口座に原稿料が振り込まれたあと、なんの連絡も来ないけど、多分

「……」

「それはそれで腹立たしいんだけどねえ。まあ、もう襲撃されないならよかったけどさ」

マスターはまるで自分のことのように憤慨している。

本当にいい人だ、としみじみと感動しつつ、藍沢はもう一つ合点がいった。

(夕真くんは真理子が死んだことを知らないのか)

座長が真理子の母、智子《ともこ》に夕真の連絡先を教えていれば、その死も彼の知るところになっただろう。だが、原稿料を値切った事実を隠すため、座長は夕真そのものを切り捨てた。その結果、夕真は自分の脚本が一人の人間を殺した事実を知らないでいる。

(座長が小悪党なおかげで助かった)

誰かを死に追いやったと知れば、夕真もきっと罪悪感を覚えただろう。もしもそのことで執筆に対する情熱に影が落ちたり、筆を折ったりしていたら、自分は彼の輝きに気づけなかった。

「劇の評判はいいみたいだけどね」

藍沢がそんな身勝手な感謝を捧げているなど知りもせず、マスターと夕真は穏やかな会話を続けていた。

「この前、キョーコさんがたまたま観《み》に行ったら、人も結構入ってたって」

「そう？　だったらよかった」

キョーコというのはこの店の客か誰かだろう。

劇の盛況ぶりを喜びつつも、夕真の反応はどこか他人事《ひとごと》のようだった。

藍沢は彼が何を考えているのか、わかる気がした。他人の心理に詳しいからではない。以前愛した漫画家が似たようなことを言っていたためだ。

「……『完成した作品は自分の手を離れるから、もう関係ない』……そう考えてる？」

「すごい。藍沢さん、わかってくれますか！」

「なんとなく」

「完成させるまではめちゃくちゃ考えますし、そのことで頭がいっぱいになります。食事中も寝ている時も、そのことしか考えられなくなるくらい。……でもそうやって書き上げたあとは監督だったり、座長や役者だったり、たくさんいるスタッフや関係者、観客みんなのものになるでしょう？　周りの手が加わったものにはあまり興味がわかなくて」

「職人だ」

「ただのわがままです。出来をちゃんと確かめて、次回作に生かすべきだと思うんですけど」

「他人には興味がない感じだ？」

「直さないといけないと思ってはいるんですけど、なかなか……」

特に藍沢は咎《とが》めたつもりじゃなかったが、夕真は申し訳なさそうに肩をすぼめた。これまで散々、そうした性格を注意されたり、叱《しか》られたりしてきたのだろうか。なんだか寄る辺ない迷子のようだ。

作品にかける狂気じみた情熱やひたむきさと、他者に対する自信のなさ。

夕真から返ってくる反応はその時々で極端だ。色々な危うさが等しく彼の中に同居している。

すでに同じやり取りを過去にしたことがあったのか、マスターは驚くことなく肩をすくめた。

「夕真くん、集中するとろくに食べなくなっちゃうしね。一年前くらいだっけ？　この店先で貧血を起こしてたところを保護したんだよね」

「そんな犬猫みたいに……。でもあの時は本当にありがとう、マスター。引っ越してきたばかりで三徹したうえ、食事することも忘れてたから」

「これだから放っておけないんだよねえ」

ほのぼのと繰り広げられる夕真とマスターの会話を聞きながら、藍沢は目を細めた。

自分はまだ夕真のことをよく知らない。

「告白」するのは彼をもっと知ってからだ。

知っていく過程でその情熱に不純物が混ざっているのを知り、興味をなくす時もあるが、夕真はそういうタイプではない気がする。権力や名誉欲、大金が目的で創作に没頭する人ならば、もっと楽に生きるだろう。

(楽しみだな)

その時を夢見つつ、藍沢は目の前の会話を楽しんだ。

【4】　のこされた者の戦い

——夢ならば。

これがただの悪夢ならよかった。

毎日絶望の穴に引きずり込まれるようにして眠り、起きた瞬間、先ほどまで見ていたものは夢だったのではないかと希望を抱く。だが瞬時に現実を思い知り、打ちひしがれるような苦しさで呼吸が止まるのだ。

息苦しい。

肺がきしむ。

これは娘が最期《さいご》に感じた苦しさと同じだろうか。

そこまで考え、智子《ともこ》は絶望に襲われる。

自分は娘の、心の支えになってやれなかった。自《みずか》らの人生を終わらせようとする娘の脳裏に浮かび、思いとどまらせることもできなかったのだ。

その思いが智子を深く打ちのめす。

「真理子《まりこ》……ごめんね」

何度謝っても足りない。

何度後悔しても、し足りない。

それでも自分にはまだ息子がいる。仕事、仕事でろくな会話もなくなってしまった夫はともかく、高校生の息子は気丈に前を向こうとしているのだ。

自分も敬之《のりゆき》を見習わなければ。真理子を死なせてしまった後悔にどれだけ苦しもうと、家族の前では落ち着きを取り戻さなければ。……ああ、でも、なぜ真理子は……。

「……あ」

ふと泥のような物思いから一瞬浮上し、智子は目をしばたたいた。

つい先ほどまで朝だったはずなのに、今はリビングに西日が差している。朝、夫と敬之に朝食を用意し、職場と学校に送り出したあと、家の掃除をしなくては、と考えたところまでは覚えているのだけれど。

（そういえば……）

掃除機をかけている途中でふと、棚の上に置いてある骨壺《こつつぼ》の入った箱を見たあとの記憶がない。箱を膝《ひざ》に乗せ、昼も食べずにぼんやりしていたようだ。

「ダメね。こんなことじゃ」

四十九日もまだだが、早く立ち直らなければ、また敬之を心配させてしまう。

――ピン、ポーン。

その時、ゆっくりと玄関で呼び鈴が鳴った。

「なにかしら」

家族が通信販売でなにか注文したのだろうか、と首をひねりながら、智子は玄関に向かった。長時間、座り続けて全身がギシギシ痛んでいる。一気に自分が老人になってしまったようだ。

「はい……っ、え」

警戒もせずにドアを開け、智子は一瞬ぎょっとした。

真っ赤な夕日に染まる路地に、一人の老人が立っていた。

「お初にお目にかかります。郡山《こおりやま》真理子さんのご母堂ですね」

真っ黒なロングコートと、真ん中のへこんだ中折れ帽。まるで十九世紀あたりの英国貴族のような風貌《ふうぼう》だ。

背は低く、コートから覗《のぞ》いている手足は枯れ木を思わせるほど土気色でしわだらけ。声はゆっくりと落ち着いていて、教養の高さを感じさせたが、それでいてどこか金属めいた無機質な響きを持っていた。

「だ、誰ですか」

反射的にドアを閉めようとしつつ、智子はぎりぎりで思いとどまった。彼が真理子の名を出していなければ、家に逃げ込んでいただろう。

答えが返ってきたことに満足したのか、男の口元が少し吊《つ》り上がったような気がした。ただ、ずっとうつむき加減なので、どんな顔をしているのかはよく見えない。

「お悔やみを申し上げにまいりました。娘さんを亡くされた親のお気持ち、察するばかりでございます」

「あの……」

「なにより、犯人は今ものうのうと暮らしているのですから、どれほどの無念でございましょう。司法を呪い、不運を呪い、それでも足りぬ犯人への殺意……。ごもっともかと」

「え?」

思いがけない一言に、智子はぽかんとした。

犯人? 無念? 呪い?

「……あの、なにかお間違いでは」

「間違い?」

「真理子は、娘は、その」

自殺した、と言おうとして、言葉が喉《のど》につっかえた。その二文字が頭から離れることはないが、とても口には出せない。

「その」

再び息がしづらくなった気がして、智子は胸元をきつくつかんだ。

酸欠にあえぐ智子に手を差し伸べることはせず、男の口元がさらに深く吊り上がった……気がした。

「ああ、ご存じないのですか。真理子さんは忌《い》まわしき化け物に殺され……」

「おい、そこでなにしてんだよ！」

その時、若々しい怒声が二人の間に割り込んだ。

智子がのろのろとそちらに顔を向けると、敬之が猛然と駆けてくる。

今にも天敵に殺されそうな親鳥を守る小鳥のように、敬之は母を背にかばい、ロングコートの男をにらみつけた。

「爺《じい》さん、不審者か？　ケーサツ呼ぶぞ！」

「真理子さんの弟さんですね？　私は……」

「去れっつってんだよ！　どっか行け！」

荒々しく腕を薙《な》ぎ払う敬之に苦笑し、男は気取った仕草で一礼した。

「争うつもりはございません。お心を騒がせてしまい、お詫《わ》びします。私はこういうもので」

懐《ふところ》から高級そうな名刺入れを取り出し、一枚引き抜いて差し出してくる。

智子も敬之も手を出さないのを見て、男は肩をすくめ、名刺を玄関わきに設置してある郵便受けの上に置いた。

「では……」

それきり、男はすんなりと去っていった。

彼の背中が見えなくなるまでにらんだあと、敬之は母親に向き直る。

「なんなんだ、あいつ」

「……さあ」

「ドア開ける前に、確認しなきゃダメだろ？　最近、母さんぼんやりしてるんだし」

「失礼ねえ。大丈夫よ」

「ふーん、じゃあ今日の夕飯は？」

「あっ」

そういえば、まだ買い物をしていない。慌てる智子の肩を押して玄関に入りつつ、敬之はやれやれと言わんばかりに肩をすくめた。

「しょうがねーから俺が買いに行ってやるよ。先週、家庭科で五目御飯と焼き鮭《じやけ》を作ったから、忘れねーうちに練習させて」

「あら、男子にも家庭科の授業があるの？」

「選択制で取れんの。そういう時代なんだぜ」

「頼もしいわねえ」

敬之と談笑しながら、智子は猛烈な違和感にめまいがした。

もともと不仲ではなかったが、敬之は思春期の男子高生らしく母親を疎《うと》んじたこともあったし、智子もテストの点がどうの、洗濯物がどうのと口やかましく注意をした。

それが、どうだ。

気の利く息子と、少し間の抜けている母親……。

二人して、必死に自分の役割を演じているようだ。

陳腐《ちんぷ》でありふれたホームドラマ。真理子がいたら、「お母さんたちも役者になれるよ」と笑ったかもしれない。

……ああ、もしそうなら、どれだけ幸せだっただろう。

真理子がいて、自分たちがいて、笑いあって日々を過ごしていけたなら。

そんな現実逃避に悪酔いしながら、智子は敬之とともに家にあがった。

名刺のことはすっかり頭から消えていた。

＊　＊　＊

自分で決めたノルマを達成できた日は気分がいい。

とっぷりと日が暮れた頃、夕真《ゆうま》は喫茶「レオポルド」をあとにした。

「閉店間際まで長々と……、いつもごめんね、マスター」

「なに言ってんの、また来てね！」

マスターににこやかに送り出される。顔をほころばせて礼をした時、同時に出てきた女性にポンと肩を叩かれた。

「おっつかれ」

「キョーコさんもお疲れ様です」

まっすぐな黒髪を背中まで伸ばした、りりしい女性が笑っている。

一年前、夕真が喫茶「レオポルド」に来た時にはもう、彼女は店の常連客だった。

週に三回ほど顔を出す夕真が彼女に会うのは、一日か二日だ。彼女もまた、夕真とは違うサイクルで、週に三回くらい通っているのかもしれない。

派手な服を着て、真っ赤な口紅とマニュキュアを塗ったキョーコに最初はびくついていたが、一年もたてばさすがに慣れた。明るく、面倒見のいい女性だとわかったからだろう。

「……キョーコさん、どうかしました？」

急にくつくつと笑いだしたキョーコを見て、夕真は首をかしげた。なにか顔についているのかと、ごしごしと手で頬《ほお》をこすっていると、キョーコが手を振る。

「いやいや、『お疲れ』、『お疲れ様です』って挨拶《あいさつ》してんのがおかしくてさ。なんか、会社員みたいじゃん」

「確かに。レオポルドはオフィスじゃないですもんね」

「お互い、やってるのは仕事だから、間違った挨拶ではないけども」

「お互い……って、キョーコさんもそうなんですか？」

初耳だ。一年たって名前は憶《おぼ》えたし、会えば挨拶や雑談はするが、深い話はしたことがない。家族構成や現在の生活など、夕真自身があまり人に詮索されたくなかったので、あえてこちらからも聞かなかった。

今日は珍しく、キョーコの方からそのあたりを掘り下げてきたので、夕真は目を丸くした。

キョーコは特に隠すつもりもないのか、あっさりうなずく。

「フリーのデザイナー、兼プログラマー。プログラムはここじゃ作れないけど、デザインの考案ははかどるんだ」

「わかります。僕もつい、煮詰まると足が向いちゃって」

「マスターのいやし効果かなあ。居心地いいんだよね、ここ。夕真くんが個人サイトを立ち上げたくなったら連絡してよ。知り合い価格で引き受けてあげるからさ」

スタイリッシュな名刺を渡し、キョーコは颯爽《さっそう》と去っていった。

ぽかんとして見送り、少ししてから夕真ははたと思い当たる。

「ああ、もしかしたら……」

キョーコはマスター経由であのこと、を聞き、ねぎらいと声援を送ってくれたのかもしれない。

それに気づくと、ふわりと胸が温かくなった。

「フリーライター、か」

キョーコに心の中で礼を言いつつ、思い出すのは先日、不思議な縁で知り合った美貌の青年のことだ。

彫刻のように整った顔立ちなのに、冷たい印象は全くなかった。柔らかい物腰や口調、人懐こい明るい笑顔のせいだろう。人見知りな自分が、彼に対してはすぐに警戒心を解いてしまった。

夕真はカバンから藍沢《あいざわ》の名刺を取り出し、しげしげと見つめた。

藍沢はこの名刺を出した時、具体的なことは何も言わなかった。どの局にどんな知り合いがいるのかも、今までどんな仕事をしてきたのかも。

多分、そんなに強いコネクションは持っていないのだろう。それでも、細々と小さな劇団から仕事を受けては食いつないでいる夕真にとっては、なにかが変わりそうなわくわく感を覚える出会いだった。

これでテレビ局のディレクターやプロデューサーに、自分の脚本を読んでもらえることができたら。真っ向から自分の実力を試し、認めてもらうことができたなら。

そんな甘い世界ではないことはわかっているが、もし誰かの目に留まったら、という期待が捨てられない。

夕真だって人並みに有名になりたかった。

好きなことを仕事にするためには、得意ではない題材や好きではないテーマを書かなくてはいけないとわかっているから、その中でも最善を尽くすためにもがいてきたが、欲を言えば、自分が本当に書きたいものを書いてみたい。

書きたいものを全力で書き、さらにそれが評価され、次につながるのならばどんなに幸せなことだろう。

「まだまだ全然『夢』だけど」

いつか本当になればいい。そうしたら本当にキョーコに依頼して個人のホームページを作ってもらって、自分の会社を立ち上げたい。

そんなことを考えながら、夜道を歩く。

まっすぐ帰る気にはなれず、少し散歩していたときだった。

「……探したぜぇ、佐藤《さとう》夕真」

物陰《ものかげ》からのそりと大柄な影が現れ、夕真の行く手をふさいだ。

くたくたになったブルゾンを羽織った、ずんぐりとした男。無精《ぶしょう》ひげを生やし、髪もあまり梳《と》かしていない。どこか濁《にご》った印象のある目が夕真を鋭く射抜き、得体のしれない剣呑《けんのん》な光を放った。

「あ、あなたは……」

一瞬で心臓が凍り、夕真は天敵ににらまれた小動物のように立ち尽くした。

足が震え、血の気が引く。それでいて、背中に冷たい汗が流れ、凍ったままの心臓が無理やり早鐘を打ち始める。

（なんで……）

こんなところで会うのだろう。「あの街」から数百キロは離れているのに。

「なあ佐藤、勝手に引っ越すなんてひでえじゃねえか。居場所をつかむまでに一年もかかっちまった」

冬眠前のクマに似た足取りで男が近づいてくる。重く、それでいて越冬のための獲物《えもの》を逃がすまいとしているような、どん欲な肉食獣の歩みだ。夕真が震える足で後ずさると、同じだけ距離を詰めてくる。

「住民票も移さねえで、周囲には偽名を名乗るだけで……ダメだろ？　なあ？　手続きをちゃんとするのは市民の義務だぜ」

「ち、近寄るな……！」

「引っ越したってことは、やっぱりお前が犯人か？　そうなんだろ？　もういい加減、吐いて楽になっちまえ。認めて自首しろよ、なあ」

「あ、あれは事故だ。あなたたち警察がそう判断したんじゃないか。なのにこんなん……こんな風にいつまでも付け回すなんて……」

「辞めた」

「え……？」

ぽかんとした夕真に、男はにたりと笑ってみせた。

「仕事しながらお前を追うのは限界があるからな。きっぱり辞めてやったよ。これで時間がたっぷり使える」

「……そんな」

「覚悟しろよ、佐藤。必ずしっぽをつかんでやるからな。……必ず責任を取らせてやる、由美《ゆみ》の仇《かたき》はぜってえに討つ、お前もお前の母親も、どこに行っても後ろ指さされて生きるんだ、テメエのしたことを後悔しやがれ、死んだ方がマシだって目にあわせてやるからな」

抑揚のない声で、男が呪詛《じゅそ》を吐き連ねる。

蛇《へび》のようにしつこく、陰湿な気質。

思い込みが激しく、タフな肉体。

(逃げられたと……)

思ったのは気のせいだったのか。

このあかつき町に引っ越してきて、やっと普通に生活できると思ったのに。

「まあ今日のところは再会を喜ぼうや。どこかで一杯やろうじゃねえか」

「なに、言って……」

「案内してくれよ、なじみの店に。……なぁに、そんなに警戒しなくても何も言わねえって。どうせ内緒にしてんだろ？　お前が何をやって、あの街にいられなくなったのか、知られたら困るよなあ？　また引っ越さなきゃならなくなるもんなあ」

「やめ、やめろ……てください、それだけは」

「あれぇ、夕真くん？」

「……っ⁉」

その時、頭上からのんびりとした声が降ってきた。

よく晴れた公園で知り合いを見つけたような、親しげで温かい声だ。

はじかれたように見上げると、すぐ脇にあるマンションの三階から藍沢がひらひらと手を振っていた。

夜空を従えて、こちらを見下ろす彼はまるで映画のトップスターのようだ。一瞬で現実感が遠ざかる。

「こんばんはー。今、帰り？」

「藍沢、さん……？」

＊　＊　＊

のだった。

ここで騒ぎを大きくする気はないのか、あの男は追いかけては来なかった。「またなーっ！」とあてつけがましい声を背中に受けながら、夕真は夢中で藍沢の部屋に飛び込んだのだった。

逃げ込んだ、といってもいい。

数分後、夕真は藍沢の部屋にいた。

「どーぞ、粗茶ですが」

迎え入れられてからも、全身の震えと悪寒が一向に治まらない。

（落ち着け、落ち着け、落ち着け）

冷静にならないと、藍沢に不審に思われる。なにかやったのではないかと疑われ、疎まれ、距離を置かれる。

そんなことはもう嫌だ。やっとそんな生活から逃げられたのに。

「夕真くん？」

不思議そうに声をかけられ、夕真ははっと我に返った。

目の前にホカホカと湯気を立てるコーヒーが置かれている。

「どーぞ、どーぞ」

「い、いただきます……あっつ！」

慌てて熱いカップを手に取った瞬間、夕真は悲鳴を上げた。冷え切っていた指先に、コーヒーの熱は針のようだ。

反射的に取り落とし、青ざめる。

慌てて手を伸ばしたがもう遅い。ガシャン、と音を立ててカップが割れ、フローリングに黒い液体が広がった。

「すすすみません！　すみません、すみません!!」

「ははっ、コーヒーはまた淹《い》れればいいから大丈夫。やけどしなかった？」

「僕のことなんてどうでも……っ。あの、雑巾《ぞうきん》ありますか？　ふきんとか……いや僕の服で拭けば……！」

「まあまあ落ち着いて。こんなこと気にしなーい、気にしなーい」

歌うように節をつけながら、藍沢は手際よくカップの破片を拾った。

器用というよりは無頓着《むとんちゃく》。がしっと尖《とが》った破片をつかむため、夕真の方がぎょっとする。

完成された美貌の持ち主にもかかわらず、藍沢はどこか大雑把《おおざっぱ》で適当だ。

（でもいい人だ）

夜中に不審な男と口論になっていた自分を平気で部屋にあげるし、コーヒーをこぼされてもにこにこ笑って許してくれる。

これまでの人生でこんな風に親切にしてもらえたのは喫茶「レオポルド」のマスターに続いて二人目だ。彼らにとっては大したことではないのかもしれないが、夕真には泣きたくなるほど嬉《うれ》しいことだった。まるで生きることを許してもらえたような。

（……ってそんな場合じゃない）

今は自分のやらかした失態の後始末をしなければ。

慌てて夕真が破片を拾おうとした時だった。

「ヒッ、藍沢さん、指！　指！」

何気なく藍沢を見てぎょっとする。

彼の人差し指から血が滴《したた》っていた。単に掠《かす》っただけというよりは相当深く切ったようで、赤い液体はあっという間に手首まで伸びていく。

（血……）

見ただけですうっと血の気が引き、くらくらした。

だが藍沢は不思議そうに自分の指を見つめるだけで騒ぎもしない。

「おや？」

「じゃなくて、早く止血……っ！　ほう、包帯、ばんそこ、ちがっ、まずガーゼで……えええっと」

「ははっ、夕真くん、うろたえすぎだ」

「笑い事じゃないですよね!?」

思わず声を荒げても、藍沢はけろりとしている。慣れた手つきで指にティッシュを巻き付けると、上から工作用のテープでぐるぐる巻きにし、得意げに夕真の方に向けた。

「これで大丈夫」

「絆創膏《ばんそうこう》とかないんですか……」

「ないんだよねえ、これが。心配しなくても俺、痛みに強いから大丈夫だよ」

「強いっていうか……」

まるで痛みを感じていないように見える。夕真に心配させまいとして我慢しているわけでもないようだが、見ているこちらの方が痛い。

戸惑う夕真にかまわず、藍沢は手際よく残りの破片とこぼれたコーヒーを片付け、代わりを用意するためにキッチンの方に引っ込んでしまった。

カチャカチャと食器が触れ合う音。

なぜか冷蔵庫を開けたような音と、まな板を取り出したような音。

「結構便利だよ。簞笥《たんす》の角に小指をぶつけても気にならないし」

キッチンの方から明るい声が聞こえてくる。

「でも切り傷に気づかないのは、確かにちょっと困るかなあ。何年か前も、切れてることに気づかないであちこち触ってたら、部屋中が血痕《けっこん》だらけになっちゃって」

「それ、大丈夫だったんですか!?」

「カッターの切れ味がよかったみたいでさあ。夕真くんは漫画のトーンって知ってる？　最近はデジタルが主流だけど、少し前はほとんどアナログで描いて、仕上げだけデジタル、みたいな人もまだいてさ」

「えっと漫画の知識はあんまり……。藍沢さん、フリーライターの他に漫画も描いているんですか？」

「そっちは人のをちょっと手伝っただけ。『その手で原稿触らないでね！　あとカッターに血液つけられたら、すぐ錆《さ》びるでしょ、バカ！』って怒られちゃって」

「ええ……ひどい」

「あれ？　自分のやりたいことに一直線な人ってかっこよくない？　漫画家さんもいいよねえ。情熱的で」

藍沢は愚痴《ぐち》ではなく、相手を褒めるつもりで今の話をしたらしい。ずれているというか、人がいいというか、つかみどころがない。

「新しい技術をどんどん取り入れて、すごかったよ。『時代はデジタルよ！』って言ったと思ったら猛練習して、最後の方はフルデジタルで原稿を描くようになってさ。でもその結果、個性がなくなったって担当さんに言われたらしくて、めちゃくちゃキレてたなあ」

(最後?)

一瞬、藍沢のセリフが引っかかる。

(別れたのかな)

もしくはその人は漫画家をやめたのかもしれない。

夕真がそう考えた時、藍沢が戻ってきた。手には新しいコーヒーと、サンドイッチの載った小皿を持っている。

「今日、採《と》れたキュウリで作ったんだ。肉は入ってないから、どーぞ」

「そ、そこまでしていただくわけには」

「でも、もう作っちゃったし」

「……あ、それじゃあ一つ……」

なんだか振り回されてる。

だが不思議と不快さは感じなかった。彼が夕真のためにしてくれたとわかるからだろう。初めて会った日、菜食主義だと言った話を覚えてくれていたことも嬉しかった。

「おいしい」

一口かじり、目を見張る。藍沢が得意げに胸を張った。

「自家製だからね。ベランダで育ててる」

「それでさっき、外に出てたんですね」

「そうそう、自分で育てると、一番熟した瞬間がわかるしね。そこを収穫するんだ」

「なんだか難しそうです」

「俺、見極めるのがうまいんだ。失敗したことない」

「なるほ、ど……?」

ふと、藍沢の声が言葉以上の意味を持った気がして、夕真は首をかしげた。

だが改めて考えても、何が引っかかったのかはわからない。目を細めて笑う藍沢を見ても、その美貌を再認識するだけで特に違和感は覚えなかった。

藍沢も説明することはなく、話題を変える。

「さっきの男、誰? 揉《も》めてたけど警察行く?」

「いえ、あの男が警官……だったそうです。辞めたみたいですけど」

「元警察官かー。なにかやっちゃった?」

「えっと……」

それは夕真にとって、話すには勇気がいることだった。

本当ならば、誰にも知られたくない。親切にしてくれる人ならなおさらだ。

だが、あの男はもう現れてしまった。藍沢が夕真の知り合いだということも知っただろう。自分のいないところで、勝手にあれこれ言われるくらいなら、自分の口から説明した方が……。

「大学時代の、サークル仲間の父親なんです。四年生の時、彼女が事故死して……。そばにいたのが僕だけだったので」

「ああ、突き飛ばしちゃった感じだ？」

「そんなことするわけないじゃないですか！」

憤慨《ふんがい》する夕真を見て、藍沢は何がおかしいのか、けらけらと笑っている。

からかわれたのだと思うと腹が立つ。……だが同時に不思議に思う。藍沢の目に、夕真を非難する色はない。

(他の人は違った)

四年前、その事故が起きた時は近所や学校で執拗《しつよう》に聞き込み捜査が行われたせいで、誰もが夕真から離れていった。街を歩いていてもあちこちから視線が飛んできて、夕真が通り過ぎたあと、いっせいにささやき声が聞こえた。

常に監視されているような生活が続き、神経がすり減っていく。

三年は我慢したが限界だった。

夕真は逃げるようにその街をあとにし、あかつき町にやってきたのだった。

「それは大変だったね」

ぽつぽつと話し終えた夕真に対し、藍沢は感慨深そうにうなずいた。ドラマの感想を呟《つぶや》くような軽薄さが漂っているが、その適当さが夕真にとってはありがたい。

「佐藤夕真って誰？」

「……本名です。化野《あだしの》夕真はペンネーム。黙っていてすみません」

「なんで？　新人の脚本家は名前を売っていかないといけないんだし謝ることないって。それより、ほんとにやってないの？」

「当たり前じゃないですか！」

「俺、口固いよ？」

「……怒りますよ、藍沢さん」

非難めいた眼差《まなざ》しでジトッとにらんだが、藍沢は堪《こた》えた様子もない。

「ごめんごめん、もし夕真くんが困ってるなら、力になりたいと思ったんだ」

「力になるって……」

「あの男、消しちゃうとか」

「ごふっ」

タイミングよくコーヒーを飲んだせいで、夕真は思わずむせた。激しくせき込む夕真に乾いたタオルを渡しつつ、藍沢はなおも悪びれもせず、

「隣町の廃工場、なんでも捨て放題だよ」

「勘弁してください。悪い冗談ですよ」

「まあ、捨てに行く場合、動かした分だけ証拠が残るか。ああいうのはその場に置いて立ち去るのが、一番安全だったりするんだ」

「……藍沢さんって、実は僕なんかじゃ太刀《たち》打ちできないような大作家だったりしませんか？」

その想像の豊かさに呆《あき》れてしまう。

「もしそうなら、誰にも言わないので教えてくださいね」

「そっち系の才能はさっぱりなんだ。俺はただ応援するだけ」

「応援？」

「一心不乱に頑張る人が好きなんだ」

「……？　そうですか」

よくわからないな、という言葉を飲み込み、夕真はあいまいにうなずいた。

自分はいつも、自身のことで手いっぱいだ。誰かを応援したいだなんて思ったことはないし、そもそもそこまで親しい友人もいない。

人付き合いは苦手だし、集団行動や酒の席も苦手だ。それでも一人で生きていけるほど強くもないので、苦手な気持ちを押し殺し、比較的温厚な人たちの輪に入って、ひそかに呼吸をしている。

（きっと藍沢さんは違うんだろうな）

明るくて社交的。

きらきらと光り輝くような美貌の持ち主で、誰にでも親切なのだから、はっきり言って住む次元が違う。

だがその一方で、彼と話していても気後れしないのが不思議だった。なんとなく、どんなに情けない姿を見せても彼には失望されたり、説教されたりしない気がする。

藍沢はきっと、夕真がしたくない努力を強《し》いてくることも、夕真の欠点を指摘してくることもない。

それがわかるから、彼といるとくつろげるのだろう。自分のペースでやりたいことだけをやっていられる。

そう考えつつ夕真はカバンを探り、ノートパソコンを取り出した。

「そういえば、藍沢さんに背中を押してもらったアクションメインの脚本、初稿が書けたんです」

「はやっ。あれからまだ、数日しかたってないのに」

「きっかけをもらえたので、夢中になっちゃいました」

そのせいでかなり寝不足だが、心の方は充実している。

「まだ未完成なんですけど……読んでもらえませんか？」

「もちろん！」

嬉々《きき》としてパソコンを引き寄せる藍沢を見つつ、夕真はぎゅっと膝の上で拳《こぶし》を握った。

（大丈夫、ちゃんといいものになっているはず）

いつにもましてドキドキと暴れる心臓をなだめ、夕真は深呼吸をした。


――カチカチカチ……コチッ。

静かな室内に時計の音が響く。

秒針が六十回。そこでやっと長針が一回。

（時間の進みが遅い……）

藍沢がパソコン画面に向かってから、まだ三十分もたっていないが、夕真はもう根を上げたくなった。

藍沢は熱心に画面を見つめている。その目が上から下に動いているので、原稿をしっかりと読んでいるのが伝わってくる。

今、どれくらい進んだだろう。半分？　三分の二？　面白いと思ってくれている？　それとも退屈すぎて読み飛ばしてしまい、最初に戻って読み直しているのかも……。

（……ッ、心臓に悪い）

緊張を紛《まぎ》らわせるように、そっと室内を見回してみる。

ゴミや埃《ほこり》も落ちていない清潔な部屋だ。必要な家具はそろっているが、本や漫画、コレクション品など趣味を思わせる品が何もないため簡素に見える。

ラグやカーテンも淡色でそろえられているため、家主のこだわりがどこにあるのか、いまいちわからない。それがとても藍沢らしく思えた。

「……」

この部屋で異彩を放っているのは夕真が来る前に受け取ったのか、一抱えもある四角い段ボール箱。そしてテレビの脇に置いてある、手作りらしき人形だ。

段ボール箱はともかく、その人形は目立っていた。あまりにも存在感があるので、インテリアではなく藍沢の同居人のようにも見えてくる。

（ずいぶん古いな）

フェルトの肌と、くりくりとしたボタンの目、茶色の毛糸で作った髪はショートカットの長さで切りそろえられていて、色あせたTシャツと半ズボンを身に着けている。

縫い目は少しガタついているが、愛らしい少年の人形だ。

子供の頃からの宝物なのだろうか。

だいぶ薄汚れているが埃はかぶっていないし、テレビの脇という目立つ位置に置いてあることからも、大切なものなのだとわかる。

ただ、同時に「見てはいけないような気持ち」になるのはなぜだろう。その人形が藍沢の繊細な部分に直結しているように感じられて、妙にそわそわしてしまう。

夕真がそっと人形から目をそらした時だった。

「はー……面白かった！」

藍沢が満足げな声を上げた。

見れば、その陶器のように滑らかな肌はほんのり色づき、パソコン画面を見る瞳はきらきらと輝いている。

――これはお世辞ではなく、本心からの言葉だ。

それがわかった瞬間、夕真の心がふわりと浮足立つように軽くなった。

「あ、ありがとうございます。まだ初稿なので、あちこちつたないのはわかってるんですけど……セリフも全然練られてないし、シーンの切り替えも下手だし」

「えー、そんなことないって」

「いいえ、僕、そういうの昔から下手で。効果音なんかの指定は丸ごと省《はぶ》いてしまってますし、キャラの魅力もまだちゃんと出せてないかも……もっとわかりやすいバックグラウンドをつけてあげないと観客は共感できないですよね、あと……あっ、いえ」

べらべらとまくし立ててから、夕真は唐突に我に返った。

(僕はまた、余計なことを……!)

悪い癖だ。相手に未熟さを指摘されるのが嫌で、言われる前に自分で自分をこき下ろしてしまう。わかっているから言わないでくれと防衛線を張ってしまう。

そんなことをしても無駄なのに。

——やっぱりそうだと思った。

どうせ、そう言われるだけだ。

——自分でもわかってるなら、なんで直さないの?

——未完成品を読まされた、こっちの身にもなって?

——ほんと、この程度で他人に見せようと思える神経を疑う。

「……っ」

脳裏によみがえる過去の音声に、一瞬めまいがした。息が乱れ、平衡《へいこう》感覚を失いかける。

だがうなだれかけた瞬間、ガシッと両肩をつかまれた。

「え……」

目の前に、子供のように笑っている藍沢の顔がある。

「ホントに面白かったんだって！　やっぱり夕真くんは最高だよ！」

「藍、沢さん……？」

「脚本から熱い気持ちがこう、ガーッと伝わってくるっていうかさ！　読んでいて、こっちまで熱くなる感じ。完成度とかよくわからないけど、俺はこれ、すっごく好きだ！」

「……っ、ふ」

完成度とかわからないんだ、と思いつつ、夕真は噴き出してしまった。

藍沢が心から楽しんでくれたのは一目瞭然《りょうぜん》だ。細かい粗《あら》は数えきれないほどあっただろうに、藍沢はそれらに触れることなく、夕真の熱意だけをくみ取り、評価してくれた。

そのことがものすごく嬉しかった。嫌な汗が引き、胸に温かい活力が戻ってくる。

「ありがとうございます。もっともっと推敲《すいこう》して、絶対完成させますから」

「夕真くんならできるって！　だって母さんと同じ目をしてる。やっぱり夕真くんは『本物』だ。俺の目にくるいはなかった」

「藍沢さんのお母さんも脚本家だったんですか？」

「いや、駆け出しのファッションデザイナー。夕真くんに似てたのは、熱意の方」

藍沢は懐かしそうに目を細めた。

「いつだって全力で仕事にのめり込む人だった。熱中したら寝ないし食べない。いいデザインが思いついたら、それを描き起こすことしか考えなくなっちゃう人でさ」

「それ、わかる気がします。でも放っておかれて寂しくなかったですか？」

「少しはね。でも呼んだら振り向いて、優しく笑ってくれたし……それに、これを作ってくれたから」

藍沢はテレビの脇に置いてあった人形の頭を優しく撫《な》でた。

（そういうことか）

言われてみれば、小さな男の子の人形と藍沢はよく似ている。

殺風景な室内で存在感を放っているのも当然だ。愛《いと》しい我が子のために作られた、世界で一つだけの人形ならば、想いがこもっているに決まっている。

「それを聞くと、すごく可愛《かわい》く見えてきます」

「最初は可愛くなかった？」

「いや、存在感があるなあとは思ったんですけど……」

なんとなく、見てはいけないような気がしていた。

「すみません。ただ単に、シンプルな部屋に可愛い人形があったので気になって」

「うん、宝物はたくさんあるけど、これは特別だ」

「お母さんは今……？」

「俺が六歳の時に死んだんだ」

さらりと告げられた一言に、夕真は慌てた。

「すみません、僕……」

「気にしなくていいよ。母さんはもういないけど、俺がずっと覚えてる。日当たりのいい部屋で真剣に仕事に打ち込む姿も、いいアイデアを思いついたら楽しそうに笑う声も、俺が退屈してると歌を歌ってくれたことも」

「……はい」

「だからかな。俺、母さんみたいな人を見ると応援したくなるんだ。夕真くんのこともね」

＊　＊　＊

それから少し雑談し、夕真は帰っていった。

あの怪しげな大男が待ち伏せしていないかとベランダから見下ろして確認したが、どこにも影はなかったので藍沢も安心したものだ。

「変な横やり入れられたらたまらないし」

よかったよかったと胸をなでおろしつつ、空になったコーヒーカップとサンドイッチの皿を見て微笑《ほほえ》む。

「こういうところからコツコツと、だ」

今日、サンドイッチになにかを仕込んだわけではない。藍沢の出すものに慣れてもらうことが目的だ。会うたびに飲み物をおごっていれば、相手は警戒せずに飲んでくれる。睡眠薬が入っているなど考えもしなかった真理子のように。

(夕真くんはちょっと警戒心が強そうだから、慎重にいこう)

ふと思い立ち、藍沢はスマホで夕真の本名を検索してみた。

佐藤夕真。

よくある名字だからか、企業の役職者から弁護士、スポーツの大会に名を遺したアスリートまで、何人もの人間が検索結果に表示される。藍沢の名刺よりもよほど多種多様だ。

そんな中、藍沢はとある記事でふと手を止めた。

「これかな」

四年前のネットニュースだ。

事故死したサークル仲間とともにいたのが自分だけだったので疑われた、と夕真は言っていたが、その記事を読む限り、偶然濡《ぬ》れ衣《ぎぬ》を着せられたと判断するのは少し迷う。「人《ひと》気《け》のない深夜」、「被害者は泥酔《でいすい》しており」、「目撃者はおらず」、「事故の直後、佐藤夕真は錯乱《さくらん》状態で」、「意味不明なことをわめき」、「結果、警察に任意同行された」といくつも疑わしい情報が並んでいる。これでは誰でも夕真を疑いたくなるだろう。

「夕真くんが嘘《うそ》をついているようには見えないんだけどな」

なにかもう少し複雑な事情があるのだろうか。

首をひねりつつテレビをつけると、ニュースがやっていた。

『……で出火し、焼け跡から男性一人の遺体が発見されました。火元は寝室と見られ、警察は寝たばこによる事故か自殺、両方の線で調べを進めています』

テレビ画面には、モザイクのかかった建物の映像。続いて、「加山悟《かやまさとる》（25）」。『連続耳嚙《か》み事件の犯人、自殺か』」のテロップが映った。

「耳嚙み事件って確か……」

四年ほど前、世間を騒がせた猟奇《りょうき》事件だ。

ピアニストやバイオリニストなど、音楽の才に長《た》けた者を狙い、夜道で襲撃しては耳を食いちぎる犯人が出現した。

警察の威信をかけた捜査が続き、加山の逮捕に至ったものの、彼は冷静さを欠いていたという。「神の寵愛《ちょうあい》を受けた自分が病で聴力を失うなど許されない。すべての音楽家は自分に聴力を献上するべきだ」と所かまわずわめき散らし、結局責任能力なしとみなされて実刑は免《まぬが》れたように記憶している。

しばらく入院していたが、ひっそりと退院。被害者たちの報復を恐れて一軒家を迷路のように改造し、大音響で音楽をかけ続けたため、ご近所トラブルが絶えなかったとニュースキャスターが経緯を説明していた。

そんなキャスターの司会進行で、スタジオでは討論が行われていた。

やれ自業自得だ、やれ哀《あわ》れな病人だと盛んに意見を交わし、加山という男を自分の理解できる枠組みに押し込めようとしている。

「もし俺が……」

捕まったら、彼らはどう評するのだろう。

想像しようとしたが、どうにもうまくいかなかった。

どうせ好意的な意見はないだろう。自分でもそれくらいはわかっている。人の道など最初から足元になかったのだから、どうやって戻ればいいのかなんてわからない。

母が生きていたら、教えてくれただろうか。

……いや、質問したところで母さんは……、

「……ッ」

突然激しいめまいに襲われ、藍沢は大きくよろめいた。かろうじて壁に手をついて身体《からだ》を支えたものの、なにかが背筋を這《は》い上ってくるような不快感が湧き起こってくる。

もともと、直接的な痛みには鈍いが、めまいや嘔吐《おうと》感などは普通に覚える性質だ。むしろ忍耐力がないため、普通の人以上にダメージを受けているような気がした。

息が乱れる。

体温が下がり、冷や汗がにじむ。

腹の中がグネグネと動き、気色悪さで吐きそうだ。

「う、く……」

これは嫌だ。すごく嫌だ。

なにかから逃げるように、藍沢はよろよろとベッドルームに向かった。

――早く、早く、早く、早く。

震える手で何度か失敗しつつも鍵を開け、中に転がり込む。

普段は鍵をかけている室内には、中央にベッドが一つ。そしてその周りに透明なディスプレイケースが七つ置いてあった。

「真理子……」

ぜいぜいと息を切らしながら、藍沢は一番近くのケースの上に倒れこんだ。

冷たいケースに爪を立て、嘔吐感をこらえる。

そして覆《おお》いかぶさったまま、透明な箱に入った「宝物」を見た。

「……」

大量の付箋《ふせん》が貼《は》られ、ボロボロになった脚本。あちこちに持ち歩いていたせいか、脚本は雨に打たれた跡や折れ目だらけだ。

その一つ一つが彼女の情熱の証《あかし》。宿った命の輝きだ。

「は、あ……」

それを感じると、少し吐き気が遠のいた気がした。

周囲のケースも引き寄せる。

「美香子《みかこ》、サユリさん……」

何枚もスクリーントーンを重ね、倍以上の分厚さになった漫画の原稿や、手垢《てあか》で黒ずんだペン軸《じく》。藍沢の知らない土地、知らない世界を描いたキャンバス。生き生きとした表情の人形や、美しく輝く螺鈿《らでんざいく》細工で飾りつけた手鏡。

残された品に宿っていた熱は今も消えることなく、藍沢のもとにある。

「……よかった。ここにみんな、ちゃんといる」

愛しいものに囲まれているうち、少しずつ身体の不調が治まってきた。

冷や汗が止まり、鼓動が正常に戻るのを待ち、藍沢はゆっくりと起き上がった。目にはいつもの輝きが宿り、口元にも穏やかな笑みが浮かんだ。

「ふー、焦った」

でももう大丈夫。原因不明の不快感はいつも、愛しい人たちが消してくれる。

先ほどとは打って変わって足取りも軽く、藍沢は届いたばかりの宅配物をベッドルームに持ち込んだ。

新品のディスプレイケースだ。中身はまだ空だが、きっととてもいい品が入るだろう。

営利目的ではなく、誰かからの依頼でもなく、夕真自身が書きたくて書き上げた大切な一作。彼なら途中でやめることなく、それを完成させるに違いない。

多分その日が、藍沢が彼に想いを伝える日になる。

「楽しみだな」

これまでの七人と、新たな一人。
この部屋があれば、自分は他に何もいらない。
愛する人たちとともに、いつまでも穏やかに暮らすのだ。
藍沢は仰向けにベッドに倒れ……やがて静かに寝息を立て始めた。

【5】歪な殉教者たち

夜、重い遮光《しゃこう》カーテンが引かれた暗い室内に大柄な人影がうごめいた。

キッチンにはカップ麺《めん》の容器が積み重なり、そこら中に衣服が脱ぎ散らされている。あまり風呂に入らず、洗濯や掃除もさぼっているので、室内には獣の檻《おり》のような臭いがわだかまっていたが、富岡《とみおか》自身は気にならない。

昔から、捜査に熱中すると、何日も家に帰らないことはざらだった。周りもそんな男ばかりだったから臭いにも慣れてしまい、ろくに指摘してくれる人もいなかった。

だからなのか、時々洗濯したシャツを届けてくれる大学生の娘にはここぞとばかりに叱《しか》られたものだ。

袋いっぱいの清潔なシャツを渡し、汗でドロドロになったシャツを受け取ると、この世の終わりのような顔をして、「もう信じられない！　サイテー！」と文句を言われたことを覚えている。

それでも最後には「仕事、頑張ってよね」と、笑顔で帰っていく華奢《きやしや》な背中を見て、さて、もうひと頑張りするかと気持ちを新たにしたものだ。

あれからもう四年もたつのだ。

被害者の遺族の時間は止まるというが、それをこうして実体験することになるとは思わなかった。

「由美《ゆみ》……。俺が必ず、犯人捕まえてやるからな」

壁にはびっしりと、由美がトラックに轢《ひ》かれて死亡した記事や現場の写真、周辺の地図や轢いたトラックのスリップ痕《こん》の写真を貼《は》ってある。

そして四年間、あちこちで撮った大量の「容疑者」の写真。

どれも目線はこちらを向いていない。隠し撮りだ。

「佐藤夕真《さとうゆうま》……」

猛獣のようにうなりながら、窓際に設置したカメラの方に向かう。

カーテンのおかげで、レンズを覗《のぞ》くこちら側に相手が気づくことはない。

数十メートル離れたアパートの一室では、薄いカーテンの奥で動く青年の姿が見て取れた。その表情までは読み取れないが、動きはゆっくりしていて、不安に駆られている様子はない。

「……ッチ」

その動きに、富岡は内臓が煮えるような怒りを覚える。

相手が普通に生きていることが許せない。穏やかに生活し、腹を減らし、喜びや悔しさを体験し、人と会話し、ぐっすり眠る……。彼がそんな日々を送っていること自体に憎悪を掻《か》き立てられて仕方ないのだ。

そんな尊い日々を、娘は無残に奪われたのに。

「ぜってえ証拠をつかんでやる。仇《かたき》を討ってやるからな、由美」

証拠はまだない。どんなに調べても出てはこなかった。

だが自分はわかる。刑事の勘だ。

娘を殺したのはあの男、佐藤夕真に違いない。

だが、誰もそれを理解してくれなかった。最初は付き合ってくれていた同僚たちも、徐々に富岡をいさめるようになっていった。

――トミさん、あれは事故だ。娘さんを亡くしたのは同情するが、あんたのソレは違法捜査だぞ。

――マスコミに嗅《か》ぎつけられたら面倒なことになる。上からも言われてるんだろう？

もうやめろ。

冗談じゃない、と歯嚙《はが》みする。

証拠がないから無罪だなんて話があるか。たまたま目撃者がいないだけ。たまたま由美が自分で飛び出したように見えるだけだ。あれは絶対、佐藤夕真が突き飛ばしたのだ。

事件の前、由美と佐藤が揉《も》めていたという話もある。何が理由なのかを知っている第三者はいなかったし、佐藤自身は揉めていたことを否定した。だが、だからこそ怪しい。

「きっと佐藤が由美を付け回してたんだ。交際を断られたとかで……その恨みで。そうに違いねえ。ぜってえあいつがなにか……」

——コンコン。

「……アア?」

ぶつぶつと恨み言を呟《つぶや》いていた時、ふいにドアがノックされ、富岡は首をひねった。最初は無視していたが、少し間をあけて、今度はゆっくりとインターホンが鳴らされる。

時計を見ると、二十三時。

こんな時間に来訪してくる宅配業者はいないだろう。

「なんだ」

無視しようとも思ったが、結局富岡はドアを開けた。これも元刑事の勘……ではない。

この時は単に、自分の体格に自信があったからだ。

鍛えた肉体はここ数年の不摂生《ふせっせい》でだいぶ衰《おとろ》えてしまったが、それでも大立ち回りをするのは慣れている。暴力を振るい慣れている、といってもいい自信が、富岡を大胆にさせていた。

「こんばんは。富岡由美さんのご尊父《そんぷ》ですね」

「……誰だ、お前」

外に立っていた老人を見て、富岡は眉をひそめた。

ロングコートを着込み、帽子を目深《まぶか》にかぶった老人だ。声は落ち着いており小柄。彼が懐《ふところ》から拳銃《けんじゅう》でも取り出さない限り、富岡が負けることはあり得ない。

「お悔やみを申し上げにまいりました。……いえ、時期を逸したことはお詫《わ》びいたします。なにぶん我々は少人数でやっておりますので」

「質問に答えろ。つか、ツラを見せろ」

相手を威圧するように、獰猛《どうもう》にうなる。

老人は恐縮したように帽子を取り、優雅に一礼してみせた。

「失礼いたしました。私は西木《にしき》と申します」

闇《やみ》に浮き上がったのは枯れ木のような痩躯《そうく》だった。

ミイラを思わせるような、骨に張り付いた皮。落ちくぼんだ眼。それでいて深い知性を感じさせる声。

まるで深夜、死体が動いているように見え、さすがの富岡も一瞬ひやりとした。だが内心の動揺を抑え、居丈高に相手を見下ろす。

「西木だかなんだか知らねえが、こんな夜遅くに人の家を訪ねるなんざ穏やかじゃねえな。明日、出直せ」

「それはごもっともでございます。ですがシチュエーションがございましょう」

「シチュエーション？」

言い慣れない言葉に噛みそうになりながら、富岡は首をひねった。

なんだそりゃ、という気持ちが顔に出ていたのだろう。西木は理解しているというようにうなずきつつ、懐から名刺入れを取り出した。

「ジンクス、迷信、ゲン担《かつ》ぎ……。そのように愚《おろ》かなものかもしれません。秘め事は夜に行ってこそ効果が見込めると思っておりまして」

「元刑事の経験から言わせてもらえば、んなもんはなんの効果もありゃしねえよ。人目に付きたくなきゃ、監視カメラのねえ人混みを狙え」

「ははは、それは確かに。ですが、人目を忍びたいわけではないのです。闇夜の方が目立たないと思っているわけでもない」

「……」

なんだ、こいつは、と富岡は眉間《みけん》にしわを寄せた。

ジワリと警戒心が鎌首をもたげる。圧倒的に優位な体格差をもってしても、富岡は目の前の老人に異様さを覚えた。

「化け物を倒すのは神聖な夜と道理が決まっておりましょう。我々は薄汚い暗殺者ではない。真っ当な、正義の使者なのですから」

「正義……？」

「娘さんを、殺されたのでしょう」

「……っ！」

「その犯人は今も逃げ延び、生を謳歌《おうか》しているのでしょう。許せないはずだ。到底、忘れることも、気持ちに折り合いをつけることもできないはずだ。我々は手を取り合わなければ。不当な化け物に立ち向かうため、同志を集めなければ」

西木の言葉は富岡の心にじわじわと浸透し、一番柔らかい場所に巣くう蜘蛛《くも》のようだった。宿主自身に気づかせることなく、蜘蛛は一瞬で巣を張り、そこを自分の生活拠点としてしまう。

「こちらを」

西木が名刺入れから一枚の名刺を取り出した。

富岡は操られたようにのろのろとそれを受け取った。

――「Avengers' Yard」

名刺にはその文字と、ＵＲＬだけが書かれている。

「仲間が待っております。いつでもおいでください」

（アヴェンジャーズ・ヤード……復讐《ふくしゅう》者たちの、庭……？）

＊　＊　＊

茜《あかね》色に染まった部室に歓声が響いた。

「え、え、マジで？　由美、すごすぎでしょ、マジで！」

五人ほどの男女が一人の少女を囲み、大はしゃぎしている。

木造二階建てのサークル棟の一室だ。棚には毎年出しているサークルの文芸誌がずらりと並び、あちこちに会員たちの私物が置かれている。広くも、きれいでもないが、使う人の居心地がいいように、椅子《いす》や机が配置されていた。

（これは……）

夢だ、と夕真はすぐにわかった。

忘れたくても忘れられない、過去の記憶。

忌《い》まわしき出来事が再現されている。

「信じらんねーっ。このサークルから、脚本家誕生!?」

「頼む！　サインくれ。あとでチョー価値が出るかも」

「そんなこと言って、あんたは絶対売るでしょ。由美に負担かけるなっての」

部員たちが手にしているのはシナリオ専門の月刊誌「シナリオ雲英《きら》」。その号には毎年行われているドラマ脚本の、新人コンクールの結果発表が載っていた。

「たまたまだってば。まぐれまぐれ」

皆の輪の中で、一人の少女が笑った。

謙遜《けんそん》してはいるものの、声にも表情にも自信があふれている。着ている服もメイクも今風で、垢《あか》ぬけた彼女によく似合っていた。

「運試しのつもりで応募しただけ。寸評でも結構酷評されてるし」

「いやいや、期待してるからこその愛の鞭《むち》だろ？　それに賞金三百万円！」

「つか、いつの間に書いてたのよー、由美。脚本を書いてるところなんて、ほとんど見なかったのに。文学少女を名乗っておくと、有名大の坊ちゃんが合コンで釣れるって言ってたのは照れ隠しだったわけ？」

「ま、そんなとこ？」

「はーっ、それで大賞をとっちゃうんだから、腹も立たないわ。これ、ドラマ化するの？　由美なら役者としてもデビューできるんじゃない？」

「やべーっ、女優兼脚本家とか、マジやべー！　俺、ガチで応援する。なんかできることあったら、なんでも言って！」

「ありがとー」

屈託なく笑う由美を中心に、興奮は収まる気配がなく、どんどん膨れ上がっていく。

その輪の中にいられたらよかった。

そうしたら自分も楽に呼吸ができたし、笑顔でいられただろう。だが、

「……え？」

自分の声がやけに遠くの方で聞こえた。

「え……だって、それ……え？」

なぜ、という言葉がぐるぐると脳裏を回っている。立っている足の裏からなにかがどんどん流れ出し、身体《からだ》の中が空っぽになりそうだ。

力が抜け、よろめいた拍子に窓枠に肩をぶつけた。

老朽化した窓のサッシが音を立てたが、気づいてくれる者は誰もいない。

……いや、一人だけいた。

輪の中心で屈託なく笑っていた由美がふとこちらを振り返る。

「……っ」

にい、とその唇がひそかに吊《つ》り上がったのを確かに見た。

悪意と蔑《さげす》みを込めた、強烈な歓喜の微笑。

ぐらりと視界が揺れ、夕真は思わず呼吸が止まった。

（それ、僕が書いた……）


「……ぁあ！」

泥の中で窒息《ちっそく》するような息苦しさで、夕真は悲鳴を上げて飛び起きた。

びっしょりと寝汗をかき、心臓が早鐘を打っている。

「……っ、しばらく見てなかったのにな」

ベッドの中で、髪をかき上げる指の冷たさに自分で衝撃を受けてしまう。手をこすり合わせ、血液を送りながら、何度も自分に言い聞かせる。

……あれは夢だ。いや、現実だが、もう終わったことだ。

（四年前……）

自分の書きたいものを詰め込んだ脚本を書いた。

新人賞に投稿しようと思っていたが、たまたま部室にいた少女に原稿を見られ……読ませろとしつこく言われたため、誤字脱字チェックのつもりで渡したのだ。それが思った以上に酷評されたので、自分でもどんどん自信がなくなり、結局投稿するのをやめてしまった。

いったい誰が予想するだろう。その原稿を彼女が自分の名前で応募し、大賞を受賞するなんて。

すべてがわかったあと、夕真は出版社に真実を話すよう、彼女に訴えた。突っぱねられたので、ならば自分が訴えると言ったものの、証拠はあるのかと笑われた。

投稿前に読んでもらう際、彼女にはデータで原稿を渡していた。まさか盗用されるなど思ってもいなかったので、特になんの対策もしていなかった。

裏設定や書き方の癖を持ち出して、争うことはできたと思う。それでも夕真がためらったのは、彼女の脅《おど》し文句のせいだった。

『しつこくするならストーカー被害で訴えるから。学生課にも言うし、警察にも言う。あたしの父親が刑事だって知らないわけじゃないでしょ？　佐藤のとこ、母親しかいないんだっけ？　そっちに連絡しようか？　息子さんが言いがかりをつけて、あたしに付きまとってきますーって』

母を持ち出された時点で、夕真の戦意はゼロになってしまった。

地方で一人暮らしをしている母は身体が弱く、入退院を繰り返している。余計な心労をかけたら、本当に倒れてしまうかもしれない。

戦わなければ後悔すると思ったが、戦うことで生じる新たな火種が怖かった。

それに少女が事故死した今となっては、その判断が正しかったと思えてくる。こんな揉め事があったのだと知られたら、ますます自分が疑われる。殺人犯扱いされるくらいなら、一作品を諦《あきら》めた方がまだましだ。

大事な作品だったけれど。

本当に、本当に大事な作品だったのに。


――アノ女ノ、セイデ。


「……あれ？」

そこで夕真ははっと我に返った。

そして強烈な違和感に戸惑った。

自分は今、寝汗まみれのシャツのまま、ベッドの中で悪夢の残滓《ざんし》を振り払っていたはずだ。なのになぜ……。

（なんで、キッチンに……？）

気づくと夕真は上半身裸で、キッチンで水の入ったコップを持っていた。

いつベッドを出たのかも、いつシャツを脱いだのかも、いつキッチンに来たのかも、いつコップに水を注いだのかも覚えていない。

まるで映画やドラマ内で、シーンが切り替わった時のようだ。

「……ッ」

ずん、とこめかみに鈍い痛みを覚え、夕真は頭を押さえてうめいた。

時々、自分は少しおかしい。

意識自体は連続しているのに、時間だけがぷつりと切り取られたような時がある。

今のように、ほんの数分だけの時もあるが、場合によっては数時間分の記憶が消えている時もある。例えば、そう。

（あの財布も……）

もうずいぶん昔のことのようだが、まだひと月もたっていない。

初めて藍沢《あいざわ》と会った日も、起きたら見覚えのない財布がテーブルに置かれていて途方に暮れたものだった。

いつもきれいに脱いでいる靴は玄関に散らばっていて、椅子の上には黒い革ジャンが放り投げられていた。

そもそもその革ジャンもいつの間にか部屋にあったものだ。カバンの中にレシートがあったので自分が買ったのは間違いないようだが、いつ買ったのかの記憶がごっそり抜けている。

「病院に行った方がいいのかな」

何度もそう思ったが、直前でどうしてもひるんでしまう。

病人扱いされるのはごめんだ。きっと、そんなに大したことではないのだから。

今、キッチンにいたのは単に寝ぼけていただけ。見知らぬ財布が部屋にあったのもなにか、不思議な偶然が重なっただけに違いない。

夕真が寝ているうちに空き巣が侵入したが、ものを盗む前に財布を落として立ち去ったとか……夕真が外出していた時、警察に追われていたスリがその場しのぎで夕真のポケットに財布を突っ込み、自分はそれに気づかずに帰宅したとか。

そんな偶然があるわけない、と自分でもわかっていたが、夕真は必死でそう思い込もうとした。

(だって……)

そうではないなら、考えられるのは一つだけだ。自分は時々、自分のしたことを忘れる病を患《わずら》っている。自分の中にもう一人の「夕真」がいて、彼が表に出ている間のことを覚えていないというように……。

——ゴトン。

「うわっ」

その時、いきなりドアの方から音が聞こえ、夕真は飛び上がって驚いた。

ドアに設置された郵便受けになにかが投函《とうかん》されたらしい。

(新聞……は取ってないし)

そもそも富岡から逃れるために住民票も移していない。贈り物や手紙をくれる友人もいないし、郵便受けに入るものといえば、無差別に投函されるチラシの類《たぐい》だけだ。

「……っ」

自分で想像した「富岡」という名前にゾッとする。

大学時代に夕真の原稿を盗作し、受賞にこぎつけた富岡由美の父親だ。当時はバリバリの現職刑事で、娘を失った悲しみと恨みをすべて夕真にぶつけてきた。

自分は何もしていないといくら言っても納得せず、執拗《しつよう》に追い回してくる恐ろしい男。もしかして今、このドアの前に彼がいるのではないだろうか。

そう考えた瞬間、夕真はすくみあがった。

息を殺し、ドアを見つめる。

ドアの向こうで「誰か」もまたそうしている気がした。

息を殺し、ドアを見つめ、夕真がこちら側から郵便受けに入れられたものを回収するのを待っている。ぎらぎらと目を光らせ、獲物《えもの》を頭から食らう獰猛な獣のように。

（……っ、僕は知らない。気づいてない）

自分自身にそう言い聞かせつつ、息を殺していると、やがて根負けしたのか、足音が遠ざかっていった。

ドスドスという重い音からして男性だろう。やはり部屋の前に誰かがいたのだ。

「なにを……」

無視したかったが、投函されたものがなんなのか、確かめないのも怖かった。もともと悲観的な性格なのも災《わざわ》いして、嫌な想像ばかりが脳裏に浮かぶ。

もし、嫌がらせで小動物の死骸《しがい》などを入れられていたら？

小動物ではなく、残飯や毒虫の類だったら？

いや、そうではなく、もっと恐ろしいなにかかも……。

「……っ」

これ以上妄想が飛躍していくのも恐ろしく、夕真は意を決して、室内から郵便受けを開けた。

「……封筒？」

玄関にB5サイズの封筒が滑り落ちてきて、夕真はきょとんとした。

あて名はなく、差出人もない。不審なのは確かだが、おぞましいものではないようだ。

もしかしたら大家さんか誰かがアパートの全員に配布しているものかもしれない。

試しに封筒を振ってみると、かさかさと紙のこすれる音がした。

手のひらサイズで、多分長方形。そんな紙がたくさん入っているようだ。

「写真？　……うわあっ！」

首をひねりながら封筒を開けた夕真はその瞬間飛びのいた。

とっさに放り投げた封筒から、大量の写真がこぼれ出る。

――夕真の写真だ。

喫茶「レオポルド」に入っていくところ。出てくるところ。近所の人に挨拶《あいさつ》されているところ。商店街で出来あいの総菜を買っているところ。

そして部屋でパソコンに向かっているところ、伸びをしているところ、眠っているところ。

屋外の写真はともかく、夕真の部屋を撮った写真はすべて同じアングルだ。

（ま、窓から……ッ）

転がるように部屋に駆け込み、夕真は遮光カーテンに飛びついた。

「――ッ」

必死でカーテンを引いたところで限界が来た。がくがくと身体が震え、息が乱れる。夕真はその場にしゃがみ込み、うずくまった。

間違いない。これは絶対に富岡だ。いつでもお前を見張っているというメッセージだろう。

「僕じゃない。僕はやってない。僕じゃ……」

自分に言い聞かせるように、必死で呟く。

自分ではない。誰が犯人なのかは知らないが、自分ではない。

四年前のあの日、富岡由美は自身の受賞祝いパーティーで大量に酒を飲み、泥酔《でいすい》状態になったのだ。他の部員は皆、帰る方角が違っていたので、なぜか夕真が送っていく羽目になってしまった。

なんで僕が、と思ったのは確かだ。

このまま道端に置き去りにしてしまおうか、と思ったことも否定しない。

だが、自分が考えたのはその程度の、よくある卑怯《ひきょう》なことだけだ。

(なのに)

……気づいたら、T字の路地で由美がトラックに轢かれていた。

記憶にあるのは、真っ赤にはじけ、見るも無残になった肉の塊《かたまり》。

あちこちに散らばった、吐き気を催《もよお》すようなグロテスクな光景だ。

由美の最期のシーンは覚えていない。ショッキングな映像を見たため、一時的に記憶が飛んだのだろうと医師には言われた。

あの日から、自分は肉が食べられない。

でもそれは善良な市民ならよくあることだろう。

だから誰も疑わないでくれ。放っておいてくれ。

自分はどこにでもいる、ごく普通の男なのだから。

【6】踏み出す一歩

「あれ？　母さん、どっか行くの？」

智子《ともこ》が玄関で靴を履き替えていた時、学校から帰ってきた敬之《のりゆき》が目を丸くした。

一瞬不安そうな目をしたのは、母親が姉の死を乗り越えられず、苦しんでいたことを知っているからだろう。

確かにこのひと月半ほど、家のあちこちには埃《ほこり》がたまり、料理もあまり作れずに出前が増えていた。そんなことにも気づけなかった自分に、智子は申し訳ない気持ちを抱く。

「ちょっと郵便局に行くだけよ。そのあと、お買い物もしてくる」

「買い物……」

そんな一言で敬之が嬉《うれ》しそうな、泣きそうな顔をしたので、思わず笑ってしまった。

「なにか食べたいものある？　今日は敬之の食べたいもの、作ろうか」

「じゃあカレー鍋《なべ》！　締めはうどんで」

「あなたたちはほんとにそれが好きねえ」

「……っ」

「作ったら、仏壇《ぶつだん》にも供えましょ。母さんたちだけが食べてたら、真理子《まりこ》に怒られちゃう」

「あ……ああ、そうだな、姉ちゃん、食い意地張ってたし。じゃあ俺、掃除でもして、腹減らしてるわ」

敬之の声が震えたのがわかり、智子も泣きそうになってしまった。

それでもなんとか微笑《ほほえ》み返し、手袋をはめると、小脇に置いていた包みを抱え持つ。

外に出ると、まだ十五時前だが、だいぶ風が冷たくなっていた。

少し前まではまだ残暑といえたのに、いつの間にかもうしっかりとした秋だ。このひと月半の記憶があまりないため、季節が一瞬で切り替わったような気になってしまう。

「そろそろ布団も厚手にしないと。カセットコンロのガスボンベも使えるか、確認しておかないとね。冬は鍋が多くなるから」

郡山《こおりやま》家の子供たちは鍋が好きだ。

かなり頻繁《ひんぱん》に食卓に鍋を出しても、文句を言うことは全くない。父親だけは難色を示すこともあったが、姉弟がことさら大喜びしてみせるので批判を飲み込んでいる。

郡山家では子供たちが最強なのだ。

そんな風物詩が今年どうなるのか、智子にはまだわからない。

それでも一時の、出口の見えない苦しみからは抜け出せた気がしていた。

「こちら、お願いします」

郵便局の窓口で小包《こづつみ》を差し出すと、受け付けてくれた職員が少し不思議そうな顔をした。まだ手袋をするのは早いと思われたのだろうか。

少し恥ずかしそうに智子は笑ってみせた。

「冷え性で……」

「わかります。私も夜、なかなか寝られない時季になりました」

職員は笑顔になり、小包を受け取ると、手早く受付を済ませてくれた。

外に出ると、智子は通行人の邪魔にならないよう、道端に移動してからスマホを操作した。あまり使いこなしているとは言えないが、それでも携帯電話の登場で日常生活は格段に便利になったように思う。

ウェブサイトを開き、ブックマークしてあるサイトへアクセスする。

いくつものチャットルームがある中、「交流」と名前のついた部屋に入る。

中には三人ほどのメンバーが待機していた。

――マリコの母：本日荷物をお送りしました。　@リンの姉智子がそう発言すると、待ちわびていたように即、返信がある。

――リンの姉：ありがとうございます！　荷物に触る時はちゃんと手袋をしましたか？　@マリコの母

――マリコの母：はい、教えてくださってありがとうございます。@リンの姉

――リンの姉：いえいえ、こちらがお世話になる身ですから、万が一にもご迷惑はかけられません。@マリコの母

――マリコの母：お気遣い、大変ありがとうございます。@リンの姉

――リンの姉：「ショウジの甥《おい》」さんも素早い手配、感謝します！　@ショウジの甥

――ショウジの甥：あれ系の薬剤は倉庫に大量に余っているので、役に立ててよかった。他にも必要な方がいたら、すぐ送ります。

――ミズアキの父：その時は私が中継点になります。

――ミズアキの父：ところで明日の打ち合わせをしたいのですが、よいですか？　@リンの姉

――リンの姉：了解しました。三番ルームに行っています。@ミズアキの父

それきり「リンの姉」と「ミズアキの父」の発言は途絶えた。

三番と名のついたチャットルームに移動したらしい。

（不思議なものね）

いつログインしても、ここには誰かしらがいる。

具体的な打ち合わせが進行していることもあれば、雑談用のチャットルームで思い出話に花を咲かせていることもある。

文字だけ見ると、ここにいる人は皆、理知的で穏やかだ。礼節をわきまえ、相手を尊重し、その苦しみや悲しみを理解してくれる。

ここの存在を知り、智子はやっとふさぎ込む日々を脱することができたのだ。ずっと泥のような絶望の中でもがいていたが、そんな苦しみもだいぶ減った。

自分に確かな目的ができたからだろう。

（あの人も今、このチャットの中にいるのかしら）

思い出すのはひと月半前、突然郡山家を訪ねてきた老人のことだ。

あの時はあまりにも不審で、敬之が追い返した時も申し訳ないとは思わなかった。彼の名刺もそれから二日ほど、郵便受けの上で野ざらしになっていたように思う。

だが三日目のことだった。

どうしても真理子が帰ってくるような錯覚にとらわれ、智子は深夜に一人、玄関の外でたたずんでいた。

夜気でどんどん身体《からだ》が冷えるのも気にならず、祈るような思いでただ真理子の帰りを待つ。そんな時、夜風にあおられた名刺が郵便受けからふわりと舞い、智子の足元に落ちてきた。

――「Avengers' Yard」。

智子は初めてその名刺をまじまじと見た。スタイリッシュに躍《おど》る文字と、「復讐《ふくしゅう》者たちの庭」という不穏な単語のアンバランスさが気になった。

真理子がこれを差し出してきたような気がした。なぜと言われるとうまく説明できないが、そんな気がしたのだ。

だからか智子は家に引き返し、書かれていたＵＲＬにアクセスした。

仮の会員登録から暗号化された本登録を行い、いざそのコミュニケーションツールの一員になると、そこには多くの人がいた。

誰もかれもが「遺影を胸に抱いた」アイコンと奇妙なハンドルネームを使い、具体的だがよくわからない話をしている。

――身長百六十センチ前後の女性。○月×日午後○時、●●駅のホームを歩いてほしい。○○ショップで今、販売しているグレーのタートルネックとジーパン着用。

――医療関係の方、○○という薬は手に入りますか？　一シート欲しいです。

——明日の×時、○○駅の高架下にエンジンをかけたままの原付を一台、用意してくれる人希望。

いったいなんなのかしらと智子は眉をひそめ、数日間は時々ログインするだけで、さほど興味は覚えなかった。

そのスタンスが大きく変わったのは二週間ほど前のことだ。

残っていた過去のチャットログをなんとなく眺めていた智子はふと、雑談チャットルームに書かれた一行の依頼に目を止めた。

——サヨの母：加山悟《かやまさとる》という男が住む家の図面が欲しいです。

その名前が記憶の片隅《かたすみ》に引っかかる。

加山悟……四年ほど前に世間を騒がせた連続耳嚙《か》み事件の犯人だ。逮捕されたものの支離滅裂な発言を繰り返し、結局実刑は免《まぬが》れて病院に入った、というニュースを見た気がする。

彼が今退院していることを智子は知らなかったが、なんとなく「耳嚙み事件　加山悟　サヨ」でネット検索してみる。すると若くして成功を収めたものの事件の被害にあい、そのトラウマから精神を患《わずら》った結果、命を絶ったバイオリニストの名前が引っかかった。

単なる偶然だろうと思った。この時もまだ、あまり気にならなかった。

だがその翌日の日付で、別の男から「サヨの母」あてに返信がついているのを見つけた。
――ミカコの父：対象宅の図面は手に入れました。今、画像を送ります。＠サヨの母
――サヨの母：ありがとうございます！　こういうことにお詳しいんですか？　＠ミカコの父
――タクミの姉：それは聞かないのがルールですよ。　＠サヨの母
――サヨの母：……そうでした！　失礼しました。　＠タクミの姉
画面の向こうで「サヨの母」が震えるほど喜んでいるのが感じ取れた。
いったいいなんなのだろうと思いつつコミュニケーションツールを閉じた数日後、自宅でテレビをつけていた智子は大きく息をのんだのだった。
『連続耳嚙み事件の犯人、自宅で焼身自殺か!?』
ワイドショーによれば、犯人の加山悟は退院後、自宅を迷路のように改造し、一人暮らしをしていたらしい。
そこで火事があり、加山本人は焼死した。火元が寝室であることから、寝たばこなどによる事故か自殺の可能性が高いと警察は考えているようだ。
智子もチャットルームでの過去ログを見ていなければ、そうに違いないと思っただろう。迷路のような自宅に他人が侵入し、特定の個人に火をつけるなどできるわけがない、と。

だが……「サヨの母」が加山宅の図面を所望し、「ミカコの父」がどこからかそれを手に入れた。そのことと今回のことが無関係とは思えない。

ここは庭。他者に大切な人を奪われた、悲しき者の集う庭なのだ。

それがわかった瞬間、智子は震えた。

……彼らの名乗るハンドルネームは本物だ。「サヨの母」は自分の手で復讐を果たしたに違いない。

その日、智子はデフォルトでついていた無機質な文字列のハンドル名を「マリコの母」に変更した。そしてアイコン画像を、真理子の遺影を抱く自分の胸部画像に変更し、積極的にこのチャットルームに入り浸るようになった。

ここでは誰もが同志で、誰もが被害者だった。思い出話をすれば、皆が優しく聞いてくれ、無念を分かち合ってくれる。そして「決意した」人がいれば、誰もが協力し、その思いが叶《かな》うように力を貸した。

自分では手に入れられない情報や薬品、武器を望めば、誰かがそれを授けてくれる。

自分が行動を起こしている時間帯、よく似た背格好で監視カメラに映るなど、アリバイ工作も請け負ってくれる。

そんな風に、誰もができる範囲で、同志に協力する体制ができていた。

だが、そうした仕組み以上に、智子が感動したのは参加者たちの意識の方だった。

(誰も、実行を他人に任せる人はいないのね)

道具の調達やアリバイ工作を頼む者はいても、最後は自分の手で復讐を果たそうとする人ばかりだ。

彼らの気持ちに共感し、智子も少しずつ協力するようになっていった。

今はまだ、送られてきた荷物を受け取り、別の場所に郵送するような「中継役」を引き受けるだけだが、いつか自分もこのチャットの仲間たちに依頼をする日が来るのだろう。

どうしても許せない相手がいる。

大切な愛娘《まなむすめ》を死に追いやった、憎い相手。

名前はわからない。会ったこともない。どんな者かもわからない。

だがどうしても許せない。

「あの劇の……脚本家」

智子に「Avengers' Yard」の存在を教えてくれた老人は真理子が殺されたのだと言っていた。きっとこのことなのだろう。報《むく》いを、受けさせなければ。

暗い目を静かに光らせ、智子は一人、帰途に就いた。

＊　＊　＊

季節は晩秋を過ぎ、初冬に差し掛かっていた。

真理子が息絶えた時はまだ夏の香りがしていたのに、今は冬の訪れを感じさせる。

そんな中、暖かな室内で毛布にくるまり、ぬくぬくと昼寝をしていた藍沢《あいざわ》は不意に目を覚ました。

時計を見ると十七時過ぎ。時間に縛られる会社員が見たら卒倒しそうな自堕落《じだらく》さだが、仮想通貨の取引などで生計を立てている藍沢にとっては大した問題ではない。

「なんか、いいことがある気がする」

根拠はないが、最近、藍沢の勘は冴《さ》え渡っていた。

数日前は仮想通貨の取引で「なんとなく今って気がする」と手持ちのコインをすべて売り払った数分後、該当コインの価値が大暴落したし、その逆に、たまたま底値で買ったコインが高騰《こうとう》し、数十分で数百万円の儲《もう》けになったこともあった。

散歩に出た時「今日はこっちの道に行こう」といつもは通らない道へ足を向けた瞬間、普段の通り道を猛スピードで車が通り過ぎていったし、天気予報は晴れだったがなんとなく傘を持って家を出たところ、途中で土砂降りにあい、濡《ぬ》れるのを回避できた。

普段から勘はいい方だが、こういうことが続くと嬉しくなる。

「おお、夕真《ゆうま》くんだ」

なんとなくスマホでネットニュースを見た時、小さな記事が目に留まった。

小さいながらも実力のある劇団の新作が発表されたようだが、脚本家のところに「化《あだ》野《の》夕真」の名前がある。これは以前苦戦していた「苦手なホームドラマ」の脚本だろうか。

「夕真くん、頑張ってるな」

名前を見たら、会いたくなってしまった。

このところ、夕真は色々と忙しいようで、喫茶「レオポルド」に行ってもあまり会えない。マスターも寂しがっていたし、藍沢も寂しい。会わない間に「収穫時期」を逃していたら、と思うと、そわそわしてしまってたまらないのだ。

「……でも今日はいる気がする」

なんとなくそんな気がして、藍沢は身支度を整えると家を出た。つい先ほどまでだらだらしていたのに、こうと決めればさっと行動できるのは自分の数少ない美点だろう。

喫茶「レオポルド」に向かう途中、ゆったりとした流れの明星川《みょうじょうがわ》の脇を通った。

明星川は街の西部にある小高い丘に水源をもつ穏やかな川だ。丘に広がる雑木林で蓄《たくわ》えられた雨水があかつき町まで流れていて、昔は生活用水に用いられていた、と遊歩道に作られた立て札に書いてある。

枯れ木ばかりの遊歩道を歩きながら、藍沢は和《なご》やかな気分になった。

今年の春、この街に引っ越してきたばかりの時は道沿いに桜が咲いていたものだ。あれから半年の間に真理子と出会い、恋をした。彼女に想いを伝えたあとはすぐにまた引っ越すつもりだったのに、気づけばまだこの街にいる。

来年の桜は見られるだろうか。

それとも引っ越しているだろうか。

自分が引っ越す時、が何を意味するのか、藍沢はきちんとわかっている。それでも夕真に対する憐憫《れんびん》は覚えず、かといって嗜虐《しぎゃく》的な悦楽も覚えない。

初恋に胸を高鳴らせる中学生のようにドキドキしながら、藍沢は夕日の中を歩いた。

「こんにちはー」

「おっ、いらっしゃい藍沢さん」

カランコロンとベルを鳴らし、喫茶「レオポルド」に入った藍沢をマスターが迎えた。

いつも通りの親しげな笑顔。

それが妙にうきうきしているように見えて、藍沢もパッと顔を輝かせた。

「夕真くん、いるんですね?」

「目ざとい～。ちょうど今、カウンターの下に転げ落ちて、あわわ……となった夕真くんがここに」

カウンターの中から一番奥の席を指し示すマスターに合わせ、夕真が気恥ずかしそうに顔を上げた。

「こ、こんにちは。お久しぶりです」

転げ落ちるとは、いったい何があったのだろう。なんだか少しやつれたようにも見える夕真が気になりつつ、藍沢はひらりと片手を上げた。

「久しぶり。ネットの記事、見たよ。頑張ってるね」

「座長や役者の方々はここからが本番ですけど、僕の仕事はあれで終わりです。藍沢さんは、気が向いたら観《み》てやってください」

「夕真くんはやっぱり完成品には興味ない感じだ？」

「はは……」

相変わらず実際に書いている時と、書き終えたあとで印象の違う青年だ。

（会えて嬉しい、けど）

少し物足りなく思うのは、夕真から狂気じみた情熱が伝わってこないからだろうか。

あの輝きをまた見たかった。自分のすべてを注ぐように、ノートパソコンを見つめる鬼《き》気迫《き》った眼の輝きを。

「次の仕事は入ってないの？　それともアレの続きを書く？　ほら、前に見せてくれたやつ」

隣に座りながら尋ねると、夕真は妙に形容しがたい複雑な表情を浮かべた。

「あれは今、しっかり直してます。必ず完成させますから。……今は、次の仕事がもらえたので、その構想を練っている最中というか」

「おー、舞台？」

「はい、一応現代ものなんですけど……」

「なんか煮え切らないな」

「家族愛がテーマの殺人劇なんだって。愛憎絡み合った結果、惨殺事件に発展するやつってオーダーで、血ノリもキロ単位で用意したって演出家から言われたらしいよ。虫も殺せない夕真くんに書けるのか、マスター、すごくハラハラしてるよ」

カウンター内でマスターがコミカルなため息をつくと、夕真は憤慨《ふんがい》したように身を乗り出した。

「できるよ。虫くらい殺せるし」

「でもさっき、おもちゃの虫見て、椅子《いす》から落ちたよね？」

マスターが差し出してきたものを手に取り、藍沢は目をしばたたいた。

「バッタだ」

そこそこ精巧だが、どう見ても作りものだとわかるバッタのおもちゃだ。

ジョークグッズの類《たぐい》だろう。先ほどの、コントのような登場はこれが原因だったのか。

「キョーコさんが駄菓子屋で見つけて、買ってきたんだ。あの人、時々よくわからないものを仕入れてくるんだよね。野球ボールとか、戦隊ヒーローのソフビとか」

「知り合いに男の子でもいるんですかね」

「そうかも。自分が好きなのかも？　まあ、あんまり聞いたことはないけどね」

客の個人的な事情には踏み込まないようにしているらしい。

マスターは常連客に対して馴《な》れ馴《な》れしいが、その一点は侵さずにいる。藍沢もいつも親しげに迎えられてはいるものの、職業やプライベートに関して質問されたことはない。聞かれても嘘《うそ》をつけばいいだけなので特に不都合はないが、その距離感がこの喫茶店を居心地のいいものにしているのだろう。

「登場人物の過去を考えるのに一苦労、殺し方を考えるのに一苦労、愛憎の中身を考えるのに一苦労……っていちいち自分がダメージ受けちゃって、夜もあんまり眠れないいんだって」

夕真を指さしながら苦笑するマスターにつられて、藍沢は納得した。夕真が青くなったり、うめいたりしている様子がありありと想像できる。

それにしても、犯罪ものの脚本を考えて自分が疲弊《ひへい》するとは。

「夕真くん、肉も食べられないんだから、そういう殺伐《さつばつ》とした脚本は引き受けない方がよかったんじゃない？」

「そろそろ自分も新しいものに挑戦しないとって思って……。ホームドラマは苦手でしたけど書けたので、次はそこにプラスアルファしたものを、って思ったんです」

「その挑戦心は尊敬する」

「でもダメだったんだねぇ」

「いや、マスター違う。書けるはずなんだ、僕は」

哀《あわ》れみの眼差《まなざ》しを振り払うように、夕真が珍しく声を強めた。

「テーマはもう決まってるんだから、あとはキャラクターとあらすじを考えるだけなんだ。方向性が決まって書き始めたら、そこからはもう、のめり込めばいいから平気」

「のめり込むって簡単にできるの？」

「い、今まではできたので大丈夫です、藍沢さん。どこかでちゃんとスイッチが入ってくれたら、仕事のことだけ考えられるようになるので、とにかく色々と考えて、調べて、集中できるように持っていけばいいんです。ずっとそうやってなんとかなってきましたし、今回も多分、絶対大丈夫です」

「多分、絶対かあ……、あいまいだなあ」

「大丈夫！　任せてください。僕はできます。絶対にできますから！」

自己暗示のように強気の言葉を重ねる夕真に、藍沢はうっかり笑いそうになってしまった。

（相当追い詰められてる）

でも仕事を投げようとはしないのだ。

自信はないのに、いったん手に入れたものを手放すなんて、少しも考えていない。他に優れた才能を持つ人が現れたとしても、夕真はこの仕事を渡そうとはしないだろう。往生際も悪く、見苦しいほど必死で自分のものだと主張するに違いない。

その強情さがたまらなく愛《いと》しいと思う。

目の前の仕事しか見えていない不完全な生き物を前にすると、ひたすら応援したくてたまらなくなる。最期《さいご》の最期まで、彼はこのまま輝いていてほしい。

「マスター、なにかいい案とかないんですか？　喫茶店のマスターならこう、小ネタの一つや二つ、あると思うんですけど」

「藍沢さんは喫茶店をなんだと思ってるの」

「だってマスターって気さくだし、お客さんの口は緩《ゆる》くなりそうじゃないですか。こう、閉ざされた家庭内のいざこざとか、どろどろした愚痴《ぐち》とか色々聞いてそうだ」

「そこまで濃厚な話はないよ！　あったとしても、お客さんの秘密をそう簡単に話すわけにはいかないでしょう」

「誰のことだかわからないように話せばいいじゃないですか。ほら、なにか家族が絡んだ犯罪、犯罪」

「そんな、ホットコーヒーの催促みたいに言わないでよ」

カウンターを叩く藍沢に苦笑しつつ、マスターは二人にホットコーヒーをつぎ足した。この喫茶店のブレンドコーヒーはお代わり自由ではなかったはずだが、藍沢はここで二杯以上、コーヒーを注文したことはない。こんなことで採算が取れているのか、他人事《ひとごと》ながら気になってしまうほどだ。

少し考えこんでいたマスターは一瞬、視線をカウンター内にある棚に向けた。

「お、なにかある感じだ」

「そういえばこれも家族絡みだったなあと思い出した話が」

「なに、なに」

「……ところで今日のおすすめはリンゴの白ワインコンポートとワインゼリーなんだけど」

「俺と夕真くんに一つずつ！」

「ご注文ありがとうございまぁす」

いそいそと冷蔵庫からよく冷えたコンポートとゼリーを取り出し、マスターはカウンター越しに藍沢と夕真に差し出した。……前言撤回だ。この店は案外こういうところで採算を取っているのかもしれない。

「何年か前、世界各地に愛人を作りまくった外国の大富豪が余命宣告されてさ。自分の子供だと名乗り出てきた百人以上の子供を一カ所に集めた騒動、覚えてる？　子供と同じ数のワインを用意して、半数には致死量の十分の一、半数は致死量超えの毒を入れて、一番ワインを飲んだ子供を後継者にする、みたいな宣言をしたやつ」

「ありましたねー。最悪一本で死ぬし、どんなに運が良くても十本目で死ぬデスゲーム。その富豪にも事情はありそうでしたけど、結局国際的に大批判されて、取りやめになったんですよね」

「その中の一本を入手した……って言ったらどうする？」

マスターはおもむろに、カウンターの背後に作られた棚から一本のワインを取り出した。ラベルにはうっそうとした森をさまよう少年の絵が描かれている。月はなく、少年は明かりも持っていない。表情ははっきりとわからないが、両手を前に出した状態で前のめりになって歩く姿からは、帰り道を見失っている様子が伝わってきた。

「このオリジナルラベルがその時作られた毒入りワインの証《あかし》なんだ。とある筋から手に入れたんだよ。すごくない？」

「すごい……けどそれ、ただの空き瓶でしょう。中身なしじゃ、価値は半減すると思う」

目ざとく瓶の口を見た藍沢は呆《あき》れた声を上げた。瓶が深緑色をしているので中は見えづらいが、液体が入っている様子はなく、瓶の口にコルクもない。

指摘する藍沢にマスターが苦笑しかけた時だった。

「ま、まさかこのワインゼリーって……」

派手な音を立て、夕真が立ち上がった。口元を押さえ、今にも卒倒しそうなほど青ざめている。

「空いた毒入りワインの瓶……おすすめのワインゼリー……にこやかなマスター……いつも長々と居座る僕……実は、ずっと、迷惑を……」

きょとんと顔を見合わせた藍沢とマスターは同時に噴き出した。

「違う！　違うよ、夕真くん。僕がそんなことするわけないじゃない！」

「だ、だよね……？」

「喫茶店は料理を提供する店だよ？　たとえそういうジョークを思いついたとしても、絶対に言わないから」

「だよね……」

「それに、このゼリーもコンポートも使ってるのは白ワインですよね。例の騒動で使われたワインは確か赤だったと思うんですけど」

「おっ、藍沢さん詳しいね」

「昔好きだった漫画家さんがそういうネタもよく仕入れていたので」

それはそれとして、深く安堵《あんど》している夕真を見るとからかいたくなる。

「夕真くんがマスターを疑うとはねえ」

「ほんとにねえ……。僕、まだまだ信頼度が足りなかったみたい」

「……すみません」

「夕真くんにとっては、マスターも毒を盛りそうな人なのかー」

「ちがっ、違うんです！　ただ頭の中で今、ぐるぐるとそういうことばっかり考えていたのでつい！　信頼している人からの裏切りって一番堪《こた》えるよなあとか、種明かしをするなら、すでに手遅れになって、死を待つばかりの瞬間がいいかなあとか」

「なんだ。苦手だ、苦手だって言いながら、ちゃんと具体的に考えてるんだ」

「そりゃあ、大事な仕事ですから！　……ですから、その、すみません……」

真っ赤になって力説したと思えば、椅子の上でうつむいてしまう。ネタを仕入れる姿勢は貪欲《どんよく》でも、気弱な性格は変わらないらしい。

どんどん小さくなっていく夕真を見て、藍沢はマスターと一緒に声を上げて笑った。


結局その日は夕真が「これ以上マスターに合わせる顔がない、出直す」としょんぼりしたまま退店したため、藍沢もあとを追って店を出た。

一時間もいなかったが、日はもう暮れている。

冷たい風も気にならないほど肩を落としている夕真を見ていると、収まったはずの笑いが再びこみあげてきた。

「夕真くん、いい加減立ち直りなって。マスターも気にしてないと思うよ」

「いえ、殺人犯扱いするなんて最低です。僕はなんてひどいことを……」

「仮にマスターが毒入りワインを使ってたとしても、最悪でもひと瓶飲み干さないといけない毒なんだしさ。ワインゼリー一つくらいなら平気だって」

「そ、そういう話ではないかと……」

反論しかけたものの、すぐに夕真は再び大きなため息をついた。だいぶ重症だ。

「夕真くんはマスターを犯人扱いしたことに落ち込んでる？　それともなにか別のこと？」

「それは……そうですね。あんなにいい人を疑った自分が許せないっていうのが半分で、もう半分は……」

「なに、なに」

「マスターは『喫茶店のマスター』であることにすごく誇りを持ってるじゃないですか。なのに疑ったのが本当に、あり得なかったなって思って」

「ああ、飲食店の人に対して、料理に毒を仕込んだかもって考えたことか」

「はい、教師や聖職者が教え子をひどく傷つけるとか、創作活動をしている人が盗作するとかも同じで、自分が身を置く場所での不正は絶対にやっちゃいけないと思うんです。僕はそういうのが嫌で……こう、すごくダメなんです。だから絶対にしないと決めてるんですけど、同じように誇りを持って働いている人をなんで疑ったんだろうって自己嫌悪で死にそうで」

「うん、本当に死にそうに見える。頼むから、そんなことしないでよ」

自分が手を下す前に、勝手に死なれてはたまらない。

本気で説得する藍沢の声で我に返ったのか、夕真は少し息を吐いた。ぎこちなくも笑みを作り、少し話題を変えようとする。

「藍沢さんはなにかないんですか？　こう、どうしても許せないこととか」

「俺？　……特にないかなあ」

とっさに答えつつ、藍沢はひそかに動揺した。

（どうしても許せないこと）

その単語を聞いた時、なにかが胸中で跳ねた。自覚すればするほど、ドキドキと嫌な鼓動が高鳴りだす。

（無視だ、無視）

反射的に藍沢は首を振った。気持ちの悪い感覚は直視しない方がいい。絶対に、生きていく上で必要のないことのはずだから。

「夕真くんが、もう脚本を書くのは飽きたって言い出したら、悲しいな。もうつまらないから書くのをやめるって言ったり、逆に、うまく売る方法はわかったから、これからはもっと適当に書くって言い出したり、金になる仕事しかしたくないーって嘆いたり」

「ふふっ、なんですかそれ。言いませんよ、そんなこと」

「だろ？　だから俺が嫌なことなんて、何もないんだ」

藍沢としては、これはこれで本心を語ったつもりだが、夕真ははぐらかされたと思ったようだ。少し寂しそうに苦笑する。

「藍沢さんと知り合って、もう三カ月くらいたちますけど、相変わらず謎が多いですよね。いつもふわふわしてて捉《とら》えどころがないというか、謎が多いというか。……いえ、嫌ではないんです。そういう立ち位置でいてもらえて、安心するところもありますから」

「そういう立ち位置？」

「……『佐藤《さとう》夕真』でネット検索、しましたよね？　多分……」

「……あー」

思いがけない一言に、藍沢は一瞬返す言葉をなくした。

確かにした。ずいぶん前、夕真と元刑事が揉《も》めている場面をマンションのベランダから見つけた時、元刑事が夕真のことを化野ではなく「佐藤」と呼んでいたし、殺人事件の犯人のように語っていたので気になって。

そのことを夕真自身に言ったことはない。仮にそれが本当だろうと間違っていようと、藍沢には興味がない。藍沢は好きなことに全力を注ぐ人間が好きなだけだ。

「ごめん、怒ってる？」

「いえ、怒れる立場じゃないので。……ただ知られたら、距離を置かれると思っていました。ずっと、そうだったから」

「俺は気にしないよ」

「だから、ありがたいと思ってます。口ではそう言いながら、徐々に離れていく人はたくさんいたので……。きっと藍沢さんもそうだと思ってたんですけど、今日会ったら、これまでと同じ顔で笑ってくれたので、すごく安心したんです」

はにかむ夕真を見て、藍沢はなんとなく理解した。

最近、夕真となかなか会えないと思ったが、あれは避けられていたのか。

むろん、一番は新しい脚本に煮詰まっていたためだろうが、過去を知られ、距離を置かれるくらいなら自分から会わずにいた方がマシだと思ったのかもしれない。

（仕事では往生際が悪いのに……）

それ以外のことに関しては、驚くほど諦《あきら》めが早い青年だ。サークル仲間の事故がそれほど彼の中に傷を残しているのだろうか。なんとなく、もっと根が深い問題にも思える。

「俺は全然、全く欠片《かけら》も気にしないよ」

「それは……あの、もし万が一、僕が女性をトラックの前に突き飛ばしていても……」

「気にならないな。なにか事情があったんだろうし、夕真くんをそこまで怒らせた相手の人が悪いと思う」

「いえ、絶対そんなことはしてないんですが……！　じゃあ、もし僕が時々記憶を……」

なにかを言いかけたものの、夕真は途中で言いよどんだ。

「記憶?」

「……っ、いえ、何でもありません。それより、なんか肩の力が抜けました。脚本も頑張ります。きっといいものを書いてみせますから」

「楽しみにしてる。一人で悩んで行き詰まったら喫茶店で書きなよ。今日みたいな展開になっちゃうかもしれないけど、なるべく騒がないようにするからさ。それか、俺の家を仕事部屋にしてもいいいし」

「それはさすがに図々《ずうずう》しすぎますって。……じゃあ」

冗談だと思ったのか、夕真は笑いながら踏切の前で足を止めた。

(――残念)

時間切れだ。同じ街に住んではいるが、夕真と藍沢の家は踏切を挟んでこちらとあちらに分かれている。もう少し話したかったが、これ以上引き留めれば不審に思われるかもしれない。

(その辺はわきまえてる)

去っていく夕真の背を見送り、藍沢も踏切を渡って帰途に就いた。

日が沈んだ暗い道を一人で歩くのは侘《わび》しいが、耐えられないほどではない。

真理子の時も、それより前の六人の時も、藍沢はいつも相手に対して「一番心地いい立ち位置」を守ってきた。

踏み込みすぎてうっとうしがらせることも、耳の痛い助言をして不快に思わせることもない。相手のことを大切に思うのならば、時には嫌われる覚悟も必要だろうが、そんなことは考えもしなかった。

藍沢はただ、夢に向かって進む人が好きなだけだ。愛し返してもらいたいと思ったことはないし、相手が夢を追う中で破滅しても構わない。

相手が最も輝く瞬間を逃さず、丁寧に愛を持って収穫する。

(そろそろだと思うんだけどなあ)

夕真はすでに自分の生活も健康も、脚本の完成より下に置いている。親や友人、恋人の話も出ないのだから、人間関係はさらに優先順位が低そうだ。

きっと夕真は誰が泣いても、スイッチさえ入ってしまえば、その隣で脚本を書き続けることができるのだろう。いや、もしかしたら死体の隣でも書いているかもしれない。

「――……ッ」

その情熱を想像した瞬間、藍沢はぞくりとした。

夕真がもしそこまで没頭する人間ならば、もしかしたら自分はいくら待っても彼を殺せないかもしれない。見えない底に向かってどんどん落ちていく夕真を追って、自分も取り返しのつかないところまで落ちるのかもしれない。

それは深海に引きずりこまれるような原初の恐怖を伴《ともな》った感覚で……だが途方もない甘美な感覚でもあった。

本当にそんなことになるとは思えないが、もしそうなったらすごいことだ。

藍沢はまだ見ぬ未来を想像しながら、薄く笑みを浮かべた。

——キャン。

「ん？」

踏切を渡り、明星川に差し掛かったところで、ふとそんな鳴き声が聞こえた。

何の気なしに見回すと、川の真ん中に四角いものが浮いている。暗くてよく見えないが、段ボール箱のようだ。

——キャン……キャン。

弱々しい鳴き声が箱から聞こえてくる。

鳴き声からして子犬だろう。

周囲に人影はない。散歩中、うっかり飼い犬の入った箱を流してしまい、大声で助けを呼んでいる人はおろか、箱の行く末を見届けている者もいない。

「……」

あれはひどいな、と藍沢は顔をしかめた。どうせ殺すなら、愛を持って、自分の手で、誠実に殺してやるべきなのに。

世の中にはひどいやつがたくさんいる。あの子犬は生まれた場所が悪かったのだろう。

「かわいそうに」

浸水した箱がゆっくりと川に沈んでいく。

とぷん、という音が、やけに尾を引いて周囲に響いた。

【7】 仇討ち開始

――荷物の方、本日受け取りました。明後日まで保管し、指定住所に送ります。

――こちらは例の手芸サークルに入り、対象と友人になりました。今度、登山旅行に誘ってみます。

――この一週間尾行して、対象の動きは大体読めた。やるなら、○○駅と××駅の間にある踏切が狙い目だ。

――洋弓は入手済みです。廃棄品を修繕したので、足はつきません。

――こちらはもう少し時間をください。指定された薬は管理が厳しいので。

瞬《まばた》きするたびに書き込まれる文字を目で追い、智子《ともこ》は、はあ、と息をついた。

「Avengers' Yard」のコミュニケーションツールに出入りするのはもはや日課になっている。

家族に心配をかけてはいけないので、最近は日が変わってからログインすることが増えた。皆、同じ考えなのか、チャットルームは深夜の方が活発になるらしい。雑談ルームで依頼を飛ばし、具体的な話に進めそうなら専用のルームを作成して、そこに移動する。ルームには鍵をかけ、入場や会話ログの閲覧を制限することもできるが、意外なことにそうする人は少なかった。やましいことなど何もない、これは正当な行動なのだと言いたげに、誰もが開かれた場所で具体的な話を進行させている。

（気持ちはわかるわ）

そもそもこのチャットルームの存在を知る者は限られている。同志の間で隠し事は不要だと考えているのだろう。

時計を見ると、午前三時。家の中は静まり返り、外でも音は聞こえない。

だが今の今まで、大勢の人と肉声で会話をしていたような気がしていた。

目の前の画面に流れる文字を追っているだけなのに、その向こうにいる「相手」の声まで聞こえる気がするのだから不思議なものだ。

智子が本格的にこのコミュニケーションツールの一員になってからひと月半ほどがたっていた。最初はよそよそしかった人たちも、智子が「中継役」を引き受けたあたりから打ち解けてくれるようになっていた。

今では智子がログインすると、何人もが迎えてくれる。身体《からだ》を気遣い、日々の暮らしに共感し、ともにつらさを分かち合ってくれる。彼らと文字でやり取りする時だけは、智子も悲しみを忘れ、落ち着いた気持ちになれるのだ。

「いたた……」

ずっと座り続けていたからか、身体のあちこちがきしんでいる。

よろよろと部屋を出て台所に向かったところで、智子は目をしばたたいた。

テーブルの上にラップをかけたままのハンバーグの皿が一つ、残っている。

「あら、いけない」

夕飯で作ったものの、あとで食べようと思ったまま忘れていた。家族は……と水切り台を見ると、きちんと洗い済みの皿が置いてあった。多分、敬之《のりゆき》が父親の皿も洗ってくれたのだろう。

相変わらず夫は家庭を顧《かえり》みないが、息子は何も言わず、色々とフォローしてくれる。

本当にありがたいことだ。彼の分も自分が頑張らなければ。

固く決意したものの、あまり腹は減っていない。ハンバーグは明日食べようと冷蔵庫に入れ、智子は部屋に戻った。

——ユミの父：そういえば、あんたは決めたのか。　@マリコの母
パソコンの前に戻ってくると、そんな書き込みが一つついていた。

他の参加者たちからのやり取りはなく、誰もが智子の返信を待っているような気がした。

「……」

少し考えたが、答えはもう決まっている。

カタカタ、とたどたどしい手つきでキーボードを叩く。

——マリコの母：やります、当然。　@ユミの父
すぐに「ついにか！」、「がんばれ！」、「応援してる！」、「絶対にできるから！」と大勢から返信が来る。

彼らから応援をもらうと、ひるみそうになる心が奮い立つようだ。

——ユミの父：俺としては、足手まといは邪魔なんだがな。　@マリコの母
「……はあ」

智子は思わずため息をついた。この「ユミの父」を名乗る男性はどうにも苦手だ。発言が粗野《そや》だし、思いやりもない。正当な復讐《ふくしゅう》のために集った人たちの中に、こういう人がいると空気が悪くなるとなぜ気づいてくれないのだろう。

空気。……そう、智子はいつもそれを大切にしていた。

学生時代も、結婚してからも、子供を産んでからも。

調和を重んじ、穏やかに人当たりよく、ずっと自分が緩衝材《かんしょう》となり、周りの人たちが居心地よく過ごせるようにふるまえとしつけられてきたからだ。

だがその結果はどうなのだろう。

夫は彼女に無関心。

娘はわがまま放題の脚本家のせいで、この世に絶望して命を絶った。

おとなしくふるまっていても、大切なものは両手の間をすり抜けるばかりだ。守りたければ、戦わなくては。

――ユミの父：あんた、もっと冷静に考えた方がいいぞ。

――マリコの母：考えています。

――ユミの父：最初に誘われた時「娘は殺された」って言われたんだろう。

――ユミの父：そういうのは大抵、実際誰かに殺害されたって意味だ。

――ユミの父：娘の自殺の原因を作ったやつがいる、ってことじゃなくてな。

――ユミの父：心当たりはねえのか。

――マリコの母：ありません。

反射的に言い返してから、智子は少し反省した。

（心当たりがないのは本当だけど）

少しムキになりすぎたかもしれない。

この程度で冷静さを欠いていては、計画を成功させられないだろう。

——ミカコの父：人には肉体の死と、精神の死がございましょう。

「……あら」

その時、やんわりと会話に参加してくれた人がいた。「ミカコの父」は、このチャットルームで一目置かれた存在だ。

どんな時も温厚で、参加者たちの話をよく聞き、悩みに寄り添ったり、背中を押してくれたりする。めったにないものの、参加者の間で意見が割れた時は誰もがこの「ミカコの父」に自然と意見を仰ぎ、控えめな彼の提案を受け入れるような流れができていた。

——ミカコの父：まっすぐに夢を追っていた女性が、男の身勝手さに振り回されて自死を選んだ。……それも十分、「魂《たましい》の殺人」になると思いますよ。

——ユミの父：それはまあ、そうかもしれませんがね。

穏やかに口添えをする「ミカコの父」に、「ユミの父」はあっさりと自分の意見を引っ込めた。

智子相手にはタメ口だった彼が、理知的な男性であろう「ミカコの父」には敬語を使ったことにほんの少し心がざわついたが、智子はそれらを飲み込み、パソコンに向き直る。

――マリコの母：「ミカコの父」さん、ありがとうございます。私も同じ思いです。

――マリコの母：私は娘を救えなかった。ならばせめて加害者に報《むく》いを受けさせなければ、あの子は浮かばれません。

――ミカコの父：ごもっともです。卑劣《ひれつ》な殺人者がいなければ、今も娘さんはあなたのそばにいたのですから。

――マリコの母：はい。

――ミカコの父：私も、そしてここの参加者たちも皆、あなたの味方です。ともに仇《かたき》を討ちましょう。

「はい」

口に出して返事をすると、胸に熱い炎が灯《とも》った気がした。

罪深い行為にひるむ気持ちが、熱い思いでかき消されていく。

「そうよ、皆さんがいてくださる」

智子は自分に言い聞かせるように呟《つぶや》いた。

顔も素性もわからない。それでも同志である彼らの存在をすぐ近くに感じた。

（真理子《まりこ》は誰かに殺された、か……）

少しだけ「ユミの父」の言葉が引っかかる。

本当に真理子を直接殺した者がいるのだろうか。もしそうなら、どんな動機があるのだろうか。

少し考えたものの、智子は黙って首を振った。

公園で首を吊《つ》った娘に外傷は見当たらなかった、と遺体を引き取りに行った病院で説明を受けた。睡眠薬入りの炭酸飲料を飲み、首に縄をかけた状態で立ち続け、睡魔が訪れて崩れ落ちた結果、頸部《けいぶ》が圧迫されて死亡したのだろう、というのが彼らの見立てらしい。

智子もそれが間違いだとは思えない。なにより、愛娘《まなむすめ》が、誰かに殺したいほど恨まれていたとは思いたくなかった。

智子にとっては、こちらの方が大きな理由だったかもしれない。

——真理子は自殺した。だが、その原因となった者は存在する。

座長と、脚本家と、真理子から主役を奪った役者の三人だ。

同じ劇団にいる二人を別々に狙うのは効率が悪い。一人消えれば、警察も調べ出すだろう。ならばまずは脚本家から。

その相手が「ユミの父」の狙う相手と同じだったことには驚いたが、同時に罪悪感が少し減ったのも確かだ。

大勢に恨まれている相手なら、どこかでその罪を裁かれるのが道理だろう。「ユミの父」自体は好きになれないが、協力しなければならないならいくらでもしよう。幸い、初対面の相手に対しても波風立てない立ちふるまいは心得ている。

（でも、とどめは私が）

ひそかに決意し、智子は再びキーを叩いた。

＊　＊　＊

日々はうつろい、いよいよ真冬に近づいてきた。

初雪はまだ来ないものの、繁華街《はんかがい》にはクリスマスの装飾が施《ほどこ》され、建物も街灯も華やいでいる。軽快なクリスマスソングが鳴り響き、人々は鬱屈《うっくつ》とした冬の寒さをきらめくファンタジックな雰囲気で乗り過ごそうとしているようだった。

『……が発見されました。遺体に不審な点はなく、登山中に足を踏み外し、崖から落下したものと見られます』

テレビからは今日もまた、よくあるニュースがやっていた。特に気になる点もなく、冬の登山中の事故としてあっさりと流される。藍沢《あいざわ》もまた興味を惹《ひ》かれることなく、すぐにテレビを消して、ごろりとベッドに横たわった。

「……なんか」

調子が出ない。

いったいどうしたのだろう、と寝返りを一つ。

少し前に藍沢にとっては珍しく、ひどい風邪をひいたのが原因だろうか。その直前まで冴《さ》え渡っていた勘は一足先に冬眠してしまったのか、最近は一向に働かない。

仮想通貨の売買も例を見ないほどの惨敗続きで、何度か負けたあと、藍沢はあっさりと白旗を上げた。何事にもムキにならない性格で助かった、というべきかもしれない。

（生きていくのには困らないし）

これまでの資産運用で蓄《たくわ》えはあるし、もし底を尽きたとしても、頼めば祖父母が振り込んでくれる。

祖父母。

その三文字をやけに久しぶりに思い出した気がして、藍沢は目をしばたたいた。資産家の彼らと最後に会ったのは高校生の時だろうか。物心ついた頃から父はおらず、六歳の時に母が死んでから、藍沢は中学三年生の時まで施設にいた。

高校受験は諦《あきら》めるつもりだったが、そこでやっと母の死を知った祖父母が現れ、藍沢が一人で生きていくのに困らないだけの金をくれたのだ。

ただまあ、それから十年以上の月日が流れたが、顔を合わせたのは数回だけだ。手紙やメールも必要最低限しか来ないのだから、祖父母にとって自分がどういう存在なのかはある程度把握できている。藍沢もまた、創作活動など道楽に過ぎない、とファッションデザイナーだった母をあしざまに罵《ののし》った彼らのことは好きではない。

「まあ、金に罪はないし、困ったら使わせてもらうけど」

のそのそと起き上がり、テレビの脇に座っている人形を撫《な》でつつ、藍沢は大きく伸びをした。このままダラダラしていてもいいが、夕真《ゆうま》に会いたい気もする。

まだ慣れない殺人劇の原稿に四苦八苦しているだろうか。それとも彼曰《いわ》く「スイッチが入れば集中できる」時期に入っただろうか。

願わくは後者だといいのだが。

「会いに行こうかな」

そう思ったら我慢できず、藍沢はコートを羽織って外に出た。いるかどうかはわからないし、勘も全く働かないが、いる方に賭《か》けてみたい気分だ。

「うわ、さむ」

ドアに鍵をかけたところで冷たい北風が吹きつけてきて、藍沢は身震いした。空はどんよりと重く、吐く息は白い。いよいよ冬の到来だ。

駆け足で喫茶「レオポルド」に向かっている時は楽しい気分のままだった。普段の穏やかな万能感が少しだけ戻ってきたような気がして、心に余裕が生まれた気がする。

だが喫茶店が見えてきたところで、急にコートに入れていたスマホが震えた。

「……メール？」

藍沢は首をひねった。

連絡先から足がつくのを避けるため、藍沢は誰ともアドレス交換していない。知っているのは祖父母くらいだ。

スマホの画面を見ると、案の定メールの差出人は祖父だった。いったいなんだろうと特に興味もなく、それを開く。

『初めまして、お祖父《じい》さまから携帯電話をお借りしております』

そんな文章が目に入り、藍沢は眉をひそめた。

「誰だ？」

返信しようかどうしようか悩んでいると、続けて画像が送られてくる。

イラストなどではなく、写真だ。

簡素な室内。見覚えのあるテレビ。これは……、

「俺の、部屋？」

なぜ祖父の携帯電話から、自分の室内の画像が送られてくるのか。

同時に、映っている写真の中に、決定的に足りないものがあることに気づく。

「……人形が」

藍沢が何よりも大切にしている人形が、ない。

合成写真？　目の錯覚？

あらゆる可能性が脳裏をよぎるが、藍沢はすぐに否定する。

自分はめったに他人を部屋に上げないし、たった今、家を出る前に人形を撫でた。人形のない部屋の写真を撮れるタイミングは、

（今この、瞬間……）

それしかない、と思い当たった瞬間、ぞわりと全身が総毛だった。

「……ッ！」

藍沢は夢中で踵《きびす》を返した。

普段、血相を変えて全力疾走《しっそう》することなどないが、今だけは別だ。

誰の仕業だ、とそれだけが頭の中を駆け巡る。

藍沢に祖父母がいることを知っていて、祖父母の居所を知っていて、祖父から携帯電話

を借りる程度には信頼を得ていて、藍沢の住所も知っている「誰か」。

そんな相手、まるで思いつかない。

「く……ッ！」

必死で家まで戻り、ドアに飛びつく。

嫌な予感が的中し、出る時に鍵をかけたはずのドアが簡単に開いた。

玄関に飛び込み、一目散にテレビのある部屋へ向かう。

室内は荒らされていない。荒らされるほどの調度品はないものの、藍沢が出た時のままに見える。

ただ、確かに出がけにはあったはずの人形だけが消えていた。いったい誰が、なぜこんなことを。

ブブブ、と再びスマホが震えた。

祖父の携帯電話から、また一通メールが届いている。

『ポストに招待状を入れております。お待ちしております』

「誰だよ……！」

珍しく腹を立て、怒りに任せて返信しようとした時だった。

「……うあっ」

がつんと後頭部に激しい衝撃を覚えた。

痛みはあまり感じない性質《たち》だが、無防備な後頭部を攻撃されてはたまらない。ぐにゃりと視界がゆがみ、一瞬で意識が遠くなる。

あっけなく床に倒れ込んだ視界に映ったのは、大きくて太い足と、開け放たれた浴室に続くドア。

(誰かが……)

そちらに潜んでいたらしい。

……ああ、今日は家から出るんじゃなかった。最近不信感でいっぱいだった自分の勘をもう少し信じればよかった。

いまさら後悔してももう遅い。手足には力が入らず、まるで自分が人形になってしまったかのようだ。

(——母、さん)

ぽつりとそう考えたのを最後に、藍沢の意識は闇《やみ》にのみ込まれた。

【8】
感動の対面

ゆっくりと意識が浮上する。

胃の中がぐるぐるとうねるような不快感に辟易《へきえき》しつつ、藍沢《あいざわ》はゆっくりと目を開けた。

最初に見えたのは、見たこともない複雑な模様のじゅうたん。続いてぱちぱちと火のはぜる音と、重厚な家具の数々に気づく。

「う……」

起き上がろうとしたが、めまいに襲われ、うまくいかなかった。

それでもなんとか上半身だけは起こそうと苦心する。

「目が覚めたかね」

その時、落ち着いた声がかかった。かすむ目をこすり、声のした方に顔を向けると、暖《だん》炉《ろ》を背にして老人が一人、立っていた。

「だれ……けほっ」

しっかりしゃべろうとしたが、喉《のど》がからからに渇いていて、藍沢はせき込んだ。

身を折って苦しみつつ、状況を把握しようと努める。

広々とした豪華な応接間だと思ったが、よく見るとじゅうたんはかび臭く、家具はあちこち倒れたり、埃《ほこり》が積もったりしていた。部屋の隅《すみ》には蜘蛛《くも》の巣が張り、大きな窓にかかったカーテンの裾《すそ》もボロボロだ。

どうやらここは老人の邸宅ではなく、どこかの廃墟《はいきょ》らしい。こんな場所に拉致《らち》された以上、優雅なお茶会に招待されたわけではないようだ。

「みず、ほし」

何度か空咳《からぜき》をしたが、老人は全く意に介さなかった。藍沢に手を貸すことも声をかけることもせず、脚《あし》の長い丸テーブルに置いたワインボトルから一人だけグラスにワインを注いで堪能している。分けるつもりはないらしい。

いったいこの人は誰なのだろう、と藍沢は倒れたまま、老人を見上げた。

かなり小柄だが背筋はちゃんと伸びている。質の良いブラックスーツと中折れ帽。丈や幅もすっきりしているところを見ると、オートクチュールかもしれない。

そんな上品さに反し、彼の容貌《ようぼう》は異様の一言に尽きた。土気色の肌はしわで覆《おお》われ、血管や骨が浮いている。落ちくぼんだ眼は底冷えのする光を放っていて、一般的な美的センスを備えている者ならゾッとしただろう。

もっとも他人の美醜《びしゅう》に関心のない藍沢にとっては、特に恐怖は覚えない。彼にとってはただ、ワインを分けてくれないケチな人、だ。そしてそれ以上に、藍沢から大事なものを奪ったひどい人でもある。

「人形……あなたが……？」

「起きて、最初に出る言葉がそれか。私の考えは当たっていたようだね」

金属質な冷たい声音《こわね》に藍沢は眉をひそめた。

「……なに」

「ここに至るまで色々と調べたのだよ。きみはしょっちゅう引っ越すし、なにかに執着しているという調査も上がってこなかったからね」

「……？」

「いくつか布石は打ったが、最終的に私は『人形』を選択した。正解だったようで、なによりだ」

口ぶりからして、藍沢について詳しく調査したようだ。口調は丁寧だが、声音は硬く、視線には抑えても抑えきれない憤怒《ふんぬ》の炎がたぎっている。骨と皮だけの身体《からだ》が、血液の代わりに憎悪を全身に行きわたらせて動いているようだ。

「急に呼び立てたことはお詫《わ》びしよう。人形を預かり、写真を撮ったあとは招待状を置いてくるように命じておいたのだが、その前にきみが帰ってきたので慌てたようだ。全く……元刑事だというから任せてみたが、がさつすぎて困ったものだね。国家権力の笠《かさ》のもとで、好き放題にやってきた時の癖がまだ抜けないらしい」

「……誰の話」

「まあ、きみとは会うこともないだろう。気にすることはない」

会話は表向き、穏やかに進んだ。冷え切った声も、そこにしみ込んだ憎悪もそのままに、口調だけは好々爺《こうこうや》といって差し支えない。

普通の人間ならば、そのアンバランスさに不気味さを覚えるだろうが、藍沢にはそうした細やかな心の機微がわからない。今、この瞬間に穏やかな話ができることから、老人に対して警戒をほどきつつあった。

「あなたは誰？」

言葉を続けようとしたが、声がかすれてせき込んだ。

「喉が……。ねえ、俺にもワインくれませんか」

「ところできみのお祖父《じい》さまから言伝《ことづて》を預かったよ」

わざとらしく老人は藍沢の要求を無視して話題を変えた。

「もう援助は打ち切る。二度と連絡してこないように、とのことだ。きみの連絡先が入っているこの携帯電話は手放すそうだから、私がお預かりした次第さ」

「……そんなのは別に」

「興味ない、か。唯一の肉親ではないのかね？　勘当されて、悲しい気持ちもあるのでは」

「のどが、かわいて」

「駄々《だだ》っ子じゃないのだから、同じことだけ繰り返すのはやめなさい。なぜお祖父さまたちが怒ったのか、理由を知りたいかね？　知りたいはずだ。それはね、きみが殺人犯だと知ったからだよ」

「はあ」

ため息ではなく、相槌《あいづち》の「はあ」だった。だいぶ気の抜けた反応になったが、それだけ興味のない話だったので仕方ない。

藍沢も自分のやっていることが犯罪であることはわかっている。警察に知られ、捕まればどうなるかもちゃんと理解している。

だがそれは裏を返せば、警察以外ならば知られても構わないのと同義語だ。

目の前の男は刑事には見えない。祖父母も警察関係者ではない。ならば今、焦ることではないだろうに。

（この人、なんでそんなことをわざわざ言うんだろう）

　考えたものの、藍沢にはよくわからなかった。それよりも喉の渇きが深刻で、我慢が苦手な身としては非常につらい。そもそもこんな風に喉が渇くのは少し異常な気もした。

「ひどい……。なんでこんなことするんだ」

「わからないか？　いいや、わかるはずだ。こんなものでは足りないよ。きみは私にそれだけ恨まれる理由がある」

「なに」

「ミカコ、という名に覚えはあるかね」

　よくある名前だった。

　だが藍沢にとっては、たった一人を指すも同然だ。

「西木《にしき》、美香子《みかこ》」

　これまで愛した七人の男女の、五人目にあたる女性。売れない、新人の漫画家だ。

　その名を口にしたところで、目の前の老人が誰だかわかった。

　藍沢は思わず笑みを浮かべた。

「……ああ、あなたは美香子のお父さんか」

　喉の渇きを忘れるほどの懐かしさが胸に広がる。ふわりと微笑《ほほえ》んだ藍沢はその美貌も相まって、とても純粋で無邪気な子供のようだった。

　ぎょっとしたように老人がたじろぐ。一歩後ずさり、汚らわしい化け物を見たように顔をゆがめた。

　だが藍沢は気づかない。大切な思い出を語るように、とろりと柔らかい笑みを浮かべて言葉を続けた。

「確か不動産業をしている、堅物な仕事人間。そのくせ意地っ張りで負けず嫌い。パソコンが扱えないなんて時代遅れだって笑ったら、ひそかに練習を始めたって美香子が……いえ美香子さんが言ってました。パソコンはその後？」

「……っ、ああ、問題なく使えるようになったよ。美香子はそんなことまで、きみに話していたのかね」

「はい、消しゴムをかけたり、原稿を郵便局に出したり、色々手伝わせてもらっていました。僕に絵を描く才能はないので、それ以上のことはさせてもらえなかったけど……」

　一つ、彼女の父に会えたら伝えたかったことを思い出す。

「美香子さん、口を開けばあなたの愚痴《ぐち》ばかりでしたけど、いつもすごく楽しそうでした。

『男手一つで育ててくれたことには感謝するけど、過干渉《かかんしょう》気味なのはちょっとね。あたしが家を出たら、再婚相手を見つけるかと思ったけど、母さん一筋なんだから困っちゃう』

って。いつか漫画家として大成して、父さんを安心させてあげたいとも言ってました」

「……っ」

「長い間、お伝えできずにすみません。美香子さん、お父さんが大好きでしたよ」

「貴様がそれを言うのか！」

「え？」

なぜ怒られるのかがわからず、藍沢はきょとんとした。

真理子《まりこ》の時は母や弟と劇場で会えたのですぐに伝えられたが、美香子は親元を離れていたので無理だった。藍沢もあえて美香子の親を捜し歩くほどの情熱はなかったので放置してしまっていたが、それだけだ。

いなくなった娘の気持ちを伝えるのが六年後の今になったことを怒っているのだろうか。

「えっと……遅くなって、ごめんなさい？」

「貴様が、殺したのだろう……美香子を！　新作に悩んでいた末の自殺だと警察には言われたが、どうしても納得できなかった。アレは私に似て、負けず嫌いで気が強かったからな。どれだけうまくいかなくても、自《みず》ら死を選ぶようなことだけはしないと信じ、調べを進めたのだ！」

「もちろん美香子さんは強気さが魅力的……」

「今までため込んだ私財を投げ打ち、何人もの調査員を雇って調べあげた。十人ほどの怪しい人物の中に貴様もいた。だが、当初は報告を受けても、よくいる親しい友人の一人だと思ったものだ。それほど貴様はつかず離れず、友好的で無害な関係を築いていたように見えたからな。編集者や漫画家仲間、美香子のストーカーなどの線をたどっていた時間の方が長い。だがそれらの可能性がすべて消え、私はようやく貴様に目を向けた。……それが二年ほど前のことだ」

「なるほど……?」

「一つ前の街で貴様は画家志望の女性と親しくしていたな？　そしてその娘が首を吊って自殺した直後、貴様はこの街に越してきた。そしてここでも三カ月ほど前、役者の卵が一人、首吊り自殺。……これは偶然かね？　いいや、違うはずだ。違うだろう。違うと言ってくれ」

「ええと、違い、ます?」

「そう……ああ、そうだ。やっと見つけたのだ」

もう貴様しかいないのだ、と西木はうめいた。

動揺を抑えるようにワインをあおり、彼は大きく一息つく。

「一つ一つの情報だけでは、貴様はまだまだ無害な一般人に見えた。だが……『シジル』

は貴様を指し示している」

「シジル？」

「オカルト魔術で使われる印《しるし》の一つだ。己の願望を文字に起こして重ね、図案化したもの……。被害者の特徴、殺害状況、殺害方法、その奥には犯人の願望が潜んでいる。何体もの屍《しかばね》に残された情報を重ね合わせれば、咎人《とがびと》のシジルが浮かび上がる……」

「俺のことを、いっぱい調べてくれたんですね」

藍沢は思わず、感嘆のため息をついた。

今まで自分に注目する人などいないと思っていたのに、驚くべきことだ。毎日、毎週、毎月、毎年自ら命を落とす若者が多いこの街で、真相にたどり着くのは案外、西木美香子の父のように、娘一人から伸びる糸だけをたどった者なのかもしれない。

彼の話を聞く限り、西木自身、物証はつかんでいないようだ。

美香子や真理子の遺体が司法解剖《かいぼう》に回されたり、遺体自体が残っていたりすれば、彼女たちの体内に残る睡眠薬の種類が同じだと割り出せたかもしれないが、すでに皆、荼毘《だび》に付されている。

だから藍沢が犯人だという決定的な証拠はない。

（でも……）

そんなものはどうでもいいのかもしれない。西木は娘を失い、六年間も私財を投じて調査を続け、限りなく黒に近い男にやっとたどり着いたのだ。

もう藍沢以外に怪しい者はいない、と西木は言った。

ならば藍沢は犯人でなくてはならない。

そしてその思い込みは今、真実を射抜いている。

死を待つばかりの老人の勝利だ。その執念を前に、藍沢ができることは何もなかった。

「はい、僕がやりました」

藍沢は素直に告げた。ぺこりと頭を下げつつ、ふと面はゆい気持ちになってはにかむ。

「美香子さんが大好きだったから……。お父さんに悲しい思いをさせたことは謝ります。自分で死ぬのはできないけど、あなたが殺すっていうなら受け入れます」

「……っ、貴様」

「でも人形は返してほしい。あれは大事なものなんです」

それだけは譲れない一点だ。

しかしふと不安になる。ここまで藍沢を調べ、正確に人形を持ち去った男だ。素直に返してくれるだろうか。

「……あの人形に変なことはしてないですよね？　それだけはダメです。怒ります」

「貴様がどう感じようとどうでもいい。……が、別に何もしておらんよ。この屋敷のどこかにある。好きに探せ」

「え？　ああ、ありがとうございます？」

首をひねりながらも、そう言ってくれるのならば、と立ち上がろうとする。

だがその瞬間、胃や心臓といった内臓がぐうっとしぼんだかのような不快感に襲われた。

ぐにゃりと視界がうねり、藍沢は再びじゅうたんの上に倒れこんだ。

＊　＊　＊

「夕真《ゆうま》くん、そろそろ閉店だよー」

とんとんと肩を叩かれ、夕真は我に返った。

時計を見ると、確かにそろそろ二十二時になろうとしている。

喫茶「レオポルド」にいるのは自分とマスター、そしてもう一人の常連客、キョーコだけだ。

「うわっ、すみません！　また長々と居座っちゃって……！」

「それは全然問題なし！　ずいぶん集中してたみたいだね」

「いい感じにノってきた？　あたしも今日は絶好調！」

にこにこと笑うマスターとキョーコに、夕真は嬉《うれ》しそうにうなずいた。

ずっと難航していた執筆作業が順調に進み、頭は疲れているが、心はだいぶ軽やかだ。

家族間の愛憎をテーマにした殺人劇という苦手ジャンルを前に、最初は途方に暮れ、ずいぶんマスターや藍沢の前で醜態をさらしたものだ。

あれこれ相談に乗ってもらい、考えを整理する作業に付き合ってもらった。マスターも藍沢も、夕真が放っておいてほしい時は話しかけてこないし、集中力が切れた時や煮詰まった時は嬉々《きき》として雑談に応じてくれるのでありがたい。

マスターとは出会って一年、藍沢とはまだ三カ月ほどしかたっていないのに、夕真は不思議と彼らに長年の友愛めいたものを感じていた。

これまでずっと、ただ生きているだけで緊張してきたが、このあかつき町に来てからはとても楽に呼吸できている気がする。

（ここにいると、またやってみようって気持ちになれる）

自分がこうして、前向きな気持ちになれていることが嬉しかった。

なんだか鼻歌でも歌いたい気分だ。この調子で、もっと自分の書きたいものを思い切り書いていけたら……。

——ガランガラン。

その時、突然扉についたベルがけたたましい音を立てた。

この喫茶店の常連客で、そんな風に乱暴にドアを開ける人はいない。いぶかる夕真の隣で、マスターが申し訳なさそうに笑みを浮かべた。

「すみませんねえ。うちはもう閉店……あわわわ」

「な……ッ」

出入り口を振り返った夕真も、ぎょっとした。

ずいぶんやつれた様子の女性がドアの前で仁王《におう》立ちをしている。白髪交じりの髪に、化粧っけのない青ざめた顔。今にも倒れそうにもかかわらず、目だけは底光りしていて、ぎょろぎょろと店内を見回している。

なによりも、彼女の手中で光る包丁を見て、夕真たちはいっせいに後ずさった。

「……化野《あだしの》夕真というのはあなたね」

その目が夕真を射抜いた。

「あなたが全部悪いんだわ。あなたがいなければ、真理子は……！」

「ちょちょちょ、お客さん、まあ落ち着いて。コーヒー飲みます？　うちのオリジナルブレンド、評判いいんですよー？」

「あなたが脚本を書き換えたりしなければ、真理子は死なずにすんだのよ！　あなたさえいなければ……」

冷や汗をだらだら流しながらも仲裁に入ろうとしたマスターを無視し、女性は一歩前に出た。

「え……ちょ……あの」

なにを言われているのかわからず、夕真は狼狽《ろうばい》した。

（真理子って誰）

夕真の知り合いにはいない名前だ。

もともと交友関係は狭いし、親しい女性なんていたことがない。仕事でかかわる人は全員、所属している劇団と名字の組み合わせでなんとなく判別しているが、下の名前なんて覚えていない。脚本、という単語が出た以上、人違いではなさそうだが。

「あの、真理子、さんって名字は……」

「あなたに名前を呼ばれたくないわ！」

「ヒッ、すみませんすみません！」

ぴしゃりとはねつけられ、夕真は反射的に肩をすくめた。

「どんなに悔しかったでしょうね、真理子。ずっと頑張ってきたのに、こんな男の気まぐれで、何もかもがダメになって……」

包丁を構え、一歩、また一歩と女性が近づいてくる。

「脚本家ってそんなに偉いのかしら？　つまらないものを書いて、先生、先生って呼ばれて自分が偉くなった気がしているだけの小さな人間のくせに」

「いえ、あの……」

「こんなやつがいるから、努力する人が苦しむんだわ。いつだってひどい目にあうのは真理子みたいなまじめな子で……ああ、駄目ね。もっと落ち着いて追いつめようと思っていたのに、全然ダメ。何度も練習したのに、頭の中はぐちゃぐちゃで……あなたを許せないという気持ちしか思い出せない」

女性は額《ひたい》を押さえて首を振ったものの、すぐに再び常軌《じょうき》を逸した目で夕真をにらんだ。息が荒い。かさついた頰《ほお》や唇も上気していて、高熱に浮かされているようだ。

思いつめて、思いつめて、正気を手放すことでやっとここに立っている。……そんな様子に見えた。それほど、こうした感情とは無縁の生活をしてきたのだろう。

「あの……えっと」

じりじりと後ずさったものの、自分の背後にキョーコがいることに気づき、夕真は足を止めた。下手に逃げ回ったら、彼女やマスターまで危険にさらされるかもしれない。

……それはダメだ。大事な人たちは絶対に守らなければ。

自分がこの人を引き付けている間に逃げてくれ、と眼差《まなざ》しでマスターたちに訴える。

「はな、話が、よく見え、ないんですけど……えっと、気まぐれっていうところから考えて、もしかして、みのり座のお仕事関係の、人でしょうか……」

初稿を提出したあとで、ほぼ丸ごと内容を変えたせいで、原稿料を半分に値切られてしまった仕事を思い出す。

自分としては完成度を重視した上での変更だったが、事情をよく知らない人には気まぐれに見えるかもしれない。あれ以外の仕事では気まぐれと言われるようなことはしていないので、思い当たる節といえばその程度だ。

「みのり座のお仕事は三カ月前に終わっていて、あれから一切連絡とかはなくて、事情もよく知らないんですけど……えっと、どなたか亡くなったんでしょうか……」

「あなたが脚本を書き直したせいで、自殺したのよ！」

「……え」

「そんな……そんなあいまいな記憶しかないやつに、真理子は……真理子は！　なんで主役を降ろしたの！　あんなに努力していた子から、なんでチャンスを奪ったの！　あなたたちは人の生き死にを決定するほど偉いの!?　真理子はあなたたちのせいで……ッ、こんなこと、納得できるわけないでしょう！」

「死んだって……もしかしてあの時、ここに乗り込んできた……」

「そうよ！」

愕然《がくぜん》として立ち尽くした夕真に、女性が近づいてくる。

「死んで。今すぐ死になさい！　真理子に謝ってから今すぐに！」

言っていることがめちゃくちゃだ。

だが、だからこそ女性の悲痛な思いが伝わってくる。

突然突き付けられた事態に夕真が混乱し、うろたえた時だった。

「おいおい、こんなところで殺傷事件なんて犯したら言い逃れできんぞ」

薄汚れたブルゾンを羽織った男がのそりと店内に入ってきた。

「刑事の……」

いや、元刑事の富岡《とみおか》だ。彼が夕真を助けるために、この包丁を持った女性を止めてくれたとは思えない。絶対になにか、もっと都合の悪いことになる。

思わず身をこわばらせた夕真を見て、富岡はにやりと唇をゆがめた。

「当たりだ」

「え……」

「今、もっと嫌な目にあいそうだって思っただろ。あたりだよ、あーたーりー。俺はお前に嫌がらせがしたくてたまらねえんだ。長年刑事をやってきて、お前以上にむかついたやつはいねえしな」

「それは勘違い……」

「じゃねえよ、死ね。あー、二番手はあれだな。『連続耳噛《か》み事件』の犯人」

富岡は夕真を無視し、勝手に話し出した。突然の話題転換についていけないが、会話の主導権を握り続けるための作戦だろうか。

「あいつも俺たちが追ってたんだ。マスコミがうるさくてよお。なんとかしてホシをあげねえとって連日、仲間たちと署に泊まり込んでやっきになってた。由美《ゆみ》はそんな俺に、よく洗い立てのシャツを持ってきてくれたよ。同僚にもうらやましがられた自慢の娘だ」

「……」

「いよいよ証拠が集まって、犯人逮捕！　って時だったたな。お前が由美を殺したのは」

「ち、違う……！」

喉元に包丁を突き付けられながら叫んだものの、それ以上は言葉が出てこなかった。

自分の無実を主張しようとするならば、反論を述べなくてはならない。具体的に、自分が今までどうやって生きてきたのかを。

だが詳しく話せば話すほど、過去をマスターたちに知られてしまう。近所の人や知り合いに知られ、距離を置かれ、いたたまれなくなり、逃げてきたことを知られてしまう。

そんなみじめな自分を知ってほしくなかった。周囲とうまくコミュニケーションが図れず、みっともなく孤立した過去を知られたくなかった。

なによりも、本当に自分が無実なのか、夕真は断言できない事情がある。

（だって僕は……）

心血を注いだ脚本を盗作され、富岡由美の名前で新人賞に応募された。その受賞を祝う飲み会で、泥酔《でいすい》した彼女を送る際に記憶が途切れ、気づいたら富岡由美がトラックに轢《ひ》かれていたのだ。

事故の瞬間を見てしまったショックで一時的に記憶が飛んだのだろうと医師は言ってくれた。だが自分が今までに何度も、何をしていたのか思い出せない時があると正直に告白していたら、あの医師も態度を変え、より詳しく調べようとしただろう。

当然だ。だって夕真自身、自分のことが信用できないのだから。

「目撃者はゼロ。状況証拠も限りなく黒だが、真っ黒ではない。……第一動機がねえっていうんだからお手上げだ。周囲の連中に聞き込みを行って由美とお前が揉《も》めてたって話はつかんだが、肝心の内容はさっぱりだ。お前に聞いてもシラを切るしよ」

「……別に、富岡さんとは、普通でしたから」

「それだよ、それ！　お前が由美のストーカーなんじゃねえかと思って、あれこれ調べたが、それもなし。由美の私物からお前の痕跡《こんせき》を見つけることはできなかった。……けどな、ちょっとした富豪の知り合いが調査員を雇ってくれて、わかったことがある」

富岡は懐《ふところ》から一冊の雑誌を取り出した。

「……ッ、それは」

「シナリオ専門の月刊誌。こんなもんが発行されてること自体、俺は知らなかったが、世の中広いもんだ」

四年前に発行された「シナリオ雲英《きら》」だ。

忘れたことなど一度もない。それこそが、夕真と富岡由美をつなぐ線。

「由美の受賞作とお前があちこちで書いてる脚本にいくつも類似点があるって言われたんだよな。句読点《くとうてん》の打ち方とか、セリフの言い回しとか？　まあ、俺には専門的なことはさっぱりわかんねえんだが」

「……」

「由美の癖をお前が盗んでんだろうと俺は言ったが、どうやらお前が学生時代に書いていたものとも一致してるらしい。……ってことはー？　どういうことだー!?」

ろうが！」

「しらばっくれんじゃねえよ。由美が、お前の原稿を盗んで新人賞に応募したってことだ
「……っ」

「だからお前は由美と揉めた。それで殺した。だが動機があったら疑われる。だから隠した。そうだろ？　だが、妙なこともある。書き方の癖だなんだっていうなら、サークルの仲間たちが真っ先に気づくはずだろう。いくら聞き込みをしても、その話が出てこなかったこと自体が妙だ。そこで一つ、俺は考えたわけだ。……お前、サークルの中では完全な空気キャラで、誰にも関心を持たれてなかったんだろう」

「……」

すぅ、と血の気が引いた気がした。

夕真が青ざめたのを見て、富岡が嬉しそうな顔をする。

彼はよくわかっている。人が、なにを言われると一番ショックを受けるのか。そしてわかっていて、攻撃することを楽しんでいるのだ。

「ひでえ話だ。確かに盗作はよくねえな。世間にばれたら、受賞を取り消しになるかもしれねえ。俺も悲しい、由美もつらい。……だが、殺すほどのことじゃねえ！　たかが脚
「……さあ」

本！　たかが受賞だ！　どうしても腹が立つなら、もっとうまいものを書けばいい。それができねえってことは、お前がその程度ってことなんだよ！」

「か、簡単に、言うな……っ」

「ああ？　聞こえねえよ、もっとでかい声で言え、タコ。テメエはほんとにうじうじして腹の立つ野郎だよ。ダセエいじめられっ子に逆恨みで娘を殺されて、許せるわけねえだろうが！」

　富岡の言葉は一つ一つが鈍くて重い、なまくら刀のようだった。

　スパスパと切れるのではない分、いつまでも傷口がじくじくと痛む。なによりも、ずっと隠していた過去がマスターたちに知られたことが夕真から気力をそいでいた。

「あ、あのさ……そこまで言わなくても」

「……っ」

　その時、見かねたようにキョーコが恐る恐る口を開いた。

　じろりと富岡ににらまれてひるんだものの、キョーコはなおも口を開く。

「夕真くんは否定してるし……もう一回話し合ったら？　よくわかんないけど、ほら、今なら店内も貸し切りだし。……ねえ、マスター？」

「あ……ああ、うんうん、もちろん！　もう店じまいだしね」

「ほら、ゆっくり話すには最適の……きゃあ！」

突然富岡がキョーコに迫り、その顎《あご》をつかんだ。まるで巨大な熊が若々しいカモシカに襲い掛かるような行動に、夕真とマスターが同時に身構える。

「ちょっと！」

「……っ、は、何調子こいてんだ、佐藤《さとう》。心配しなくても何もしねえよ」

キョーコを突き飛ばし、富岡はにやにやと下卑《げび》た笑みを浮かべた。キョーコの席に置いてあったウォーターボトルの中身を勝手に飲み干し、そのふちをいやらしく舐《な》めてみせる。

「だが、本当にここで話し合いをしていいのか？　そんときゃこのねーちゃんたちにもご同席いただくことになるんだが？」

「……わ、かりました。……どこにでも行きます。行きますから……」

これ以上、キョーコたちに危害を加えられてはたまらない。

震えながらうなずいた夕真を見て、富岡は勝ち誇ったように笑った。

「表に車を停めてある。乗れ。続きは落ち着いたところでゆっくりやろうじゃねえか」

＊　＊　＊

グラグラと視界が回りだす。

喉の渇きは急激な吐き気に変わり、冷や汗がどっと背中を伝った。

藍沢はくずおれたまま、身を折ってうめき、じゅうたんの上を転がった。

その身体の上に、冷ややかな視線が注がれる。西木はゆっくりとワインを飲みながら、苦しむ藍沢をただ虫を見るように観察していた。

「ようやく効いてきたようだ。……私にもう少し若さと体力があったのならば、この手で殺してやっただろうが、あいにくこの体《てい》たらくだ。寝ている間に一本、注射を打たせてもらったよ」

「……ど、く？」

異様なまでの喉の渇きはこのせいだったのか。

「ああ、だが命にかかわるものではない。少し色々なものは見るかもしれないが」

「なん、で」

そんなに回りくどいことをする、と問い詰めようと思ったが、波のようにめまいが押し寄せてきて叶《かな》わなかった。

「きみにふさわしい死を考えたのだよ。人形が欲しいのならば返そう。だが、人形以外は渡さんぞ」

「……？」

「美香子の原稿をあんな忌《い》まわしい場所には置いておけんだろう。形見ではあるが、もはや手に取ることすらおぞましい。浄化しなければ」

「……っ、まさか」

藍沢ははじかれたように暖炉を見た。

外気を締め出すように暖かく、ぱちぱちと燃えている暖炉。その中にわずかに、燃えカスが見える。黒ずんだボタンや金属製のパレット。紙類は影も形もないが、それらはまさか、

（みんなの……っ！）

過去に藍沢が愛した七人の思い出の品たちだ。

「ま、待って……ッ」

藍沢は悲痛な声を上げて、ズリズリと這《は》うようにして暖炉に向かった。

「燃えて……う、うそだ。俺の宝物が……っ！　なんで……！」

暖炉に手を伸ばしたが、もう遅い。藍沢の目の前で、燃え残っていたものもすべて真っ黒になってしまう。

「あ、あ、ああ……」

指先をあぶられ、藍沢はがくりとうなだれた。

やけどの痛みは感じない。

だが胸が張り裂けるように痛い。

「ひどい……なんでこんな……大事にっ、大事にしてたのに！　い、いっしょうけんめい、集めたのに……っ」

なんで、と慟哭《どうこく》する藍沢を無視し、西木は黙って踵《きびす》を返して部屋を立ち去った。

「う……っ」

藍沢は暖炉の前で少し泣いた。

長い人生の中で、泣いたことなんて記憶にないが、それくらい苦しく、つらかった。真理子や美香子たち、大好きな人たちが遠くに行ってしまった気がして、寂しさに押しつぶされそうになる。

その時だ。

藍沢の悲しみに呼応するように、ぼふっ、ばふっ、と周囲から奇妙な音が聞こえた。

「え……」

振り返ると、古びたじゅうたんから巨大なゼンマイのような植物が生えている。赤や黄色、緑など原色のゼンマイはうねうねと動きながら、ぼふっ、ばふっ、と黄土色の粉を吐き出し、どんどん増殖していった。

続いて、粉が付着した藍沢の腕からもゼンマイが生えた。

「……なんだ、これ」

にょろにょろと腕の上でうごめくゼンマイを見つめながら、藍沢はぽかんとした。常人ならば発狂してもおかしくないが、美醜の概念がない藍沢にとってはただただ不可解な一幕だ。

(ああ、打たれた注射って、そういうやつか)

奇妙さに驚いたものの、納得してしまえば、それ以上は気にならない。藍沢は腕を振ってゼンマイを払い、よろよろと立ち上がった。

「行かないと」

涙をぬぐい、前を向く。

驚いたおかげで、少し悲しみが紛《まぎ》れた。

愛《いと》しい人たちとの別れはつらいが、今は人形を取り返すことが重要だ。母親が藍沢のために作ってくれた、世界でただ一つの人形を。

この調子だと、西木はあの人形にもなにかするかもしれない。急がないと。

「……」

その前に喉の渇きをいやそうとテーブルを見たが、ワインボトルは持ち去られていた。西木の意地悪だろうとムッとしたが、よくわからない薬を投与されている以上、アルコールは摂取しない方がいいのかもしれない。

（ここまで怒ってたのか）

まだピンと来ないが、どうやら自分は相当恨まれているのだと認めるしかないようだ。

六年間、西木はずっと娘の仇《かたき》を探していた。

そしてようやく狙いをつけた。

ならばこの先に待つのはきっと、彼が考え抜いて用意した「藍沢がもっとも苦しむ末路」だろう。

それがなんなのか、藍沢には全く想像できなかった。

【9】

復讐は蜜の味

「うわっ」

力任せに車から引きずり出され、夕真《ゆうま》は悲鳴を上げた。

三十分ほど前、喫茶「レオポルド」で富岡《とみおか》と見知らぬ女性の強襲を受け、夕真は古びた車に乗せられた。

目立たぬよう両手首をガムテープで拘束《こうそく》されたうえでコートを着せられ、後部座席に押し込められた。隣に座る女性は外からは見えないように包丁を構えているし、運転席にいる富岡もミラーで用心深く夕真を監視している。

特に事件のない穏やかなあかつき町では検問が敷かれるような偶然の奇跡も起きず、夕真はがっかりするほどのスムーズさで郊外にある雑木林まで連れてこられたのだった。

「こ、ここは……」

明かりはなく、人気《ひとけ》もない。

真冬の夜ということもあり、凍《い》てつくほどの寒さだ。

コートを着ていてもなお、歯の根が合わずにカチカチと鳴る。もっともこれは寒さのせいだけではないだろうが。

「安心しろ、私有地だ。昔、遺産相続をめぐって一家惨殺事件が起きたとかで、いまだに買い手がつかねえ不良物件らしい」

無様にしりもちをつく夕真を見下ろし、富岡が笑った。

（安心なんてできるわけない……）

舌なめずりせんばかりの表情は娘の仇《かたき》を討つ悲壮《ひそう》な父親というよりは、血に飢《う》えた殺人鬼のようだ。彼がここで何を企《たくら》んでいるのか、想像したくなくてもはっきりとわかってしまう。

富岡の言うとおり、うっそうとした雑木林の奥に目を凝《こ》らすと、屋敷が一軒建っていた。暗いのでよく見えないが、大正時代の異人館のようなしゃれた屋敷らしい。二階建てで、二階の一番奥の部屋に時折、かすかな明かりがちらついている。誰かいるのだろうか。

「不動産業ってのはこういう場所も知っててありがてえぜ。金はあるところにはあるもんだ。分けてもらいてえもんだな」

「ちょっと……」

軽口をたたく富岡に、女性が眉をひそめた。

「お金の話なんてしないで。これは神聖な仇討《あだ》ちなのだから」

「へーへー、金に困ってねえ女は言うことがきれいすぎて鼻につくねえ。こっちは安月給で働き続けた結果、退職し、無収入でこいつを追い続けてきたんだ。これが終わったら、高級ビールで乾杯くらいしたいもんだぜ」

「……あなたは終わったあとのことを考えられるのね」

「あんたは刺し違えても構わねえってツラだな。組むには一番面倒なタイプだ」

ぎすぎすとした会話の応酬《おうしゅう》を前に、夕真はおびえながらも違和感を覚えた。

（友人同士ってわけでもなさそうだ）

ろくにお互いの情報交換もしていないように見える。そんな男女がどこで出会い、なぜ自分に殺意を向けてくるのか、夕真は混乱して仕方がない。いや、富岡が自分を狙うのはまだわかるが、もう一人の女性の方は納得がいかない。

夕真が原稿を書き直したせいで主役を奪われた郡山真理子《こおりやままりこ》。彼女が自殺した理由が夕真にあると女性は言う。

（自殺なんてしそうに見えなかったけど）

夕真が郡山真理子に会ったのは一度だけだ。喫茶店で待ち伏せされ、今すぐ原稿を初稿の展開に戻せと詰め寄られ、断ったらグラスの水をかけられた。気が強く、炎のような女性だったことしか覚えていない。

「あの、本当に郡山真理子さんって自殺したんですか」

苦心しながら両手を縛《いまし》めるガムテープをはがしつつ、夕真は女性に慎重に尋ねた。

「たまたま事故にあったのを自殺だと間違えたとか……」

「……っ、あなたに何がわかるの！　真理子がどんな思いで自《みずか》ら命を絶ったのか、少しも考えないあなたに何が……」

「い、いえ、そういうつもりじゃないんです。ただ勘違いだった場合、真理子さんはこんなこと望んでいないのかもしれないなあって……」

「真理子の死を侮辱《ぶじょく》しないで！　どこまで卑劣《ひれつ》な男なの、あなたは！」

「すすすみませ……痛ッ！」

感情に任せて包丁を振るった女性を避けそこね、夕真は腕に焼け付くような痛みを感じた。真冬の凍てつく寒さの中、切られた場所だけがかっと熱くなる。

……ああ、また間違えた。

いつだって自分は皆をイラつかせることしか言えない。

このあかつき町に来て、マスターやキョーコ、藍沢《あいざわ》と知り合えたので忘れていた。

彼らと揉《も》めたことは一度もなかったから……彼らとならば穏やかな会話ができたから、他人に対する恐怖を少しずつ忘れていたのだ。

他人はこうやって、すぐに突然怒りだす。夕真の言葉に、眼差《まなざ》しに、身振り手振りにむかつくのだと言って、突然目の敵《かたき》にしてくるのだ。

小学生の時も中学生の時も、それが原因でいじめられた。登校できなくなり、母は理解してくれたが、父は許してくれなかった。そのせいで自分は……。

「あなたがいなければよかったのよ！　許さない……死になさい！」

金切り声を上げて向かってくる女性に、夕真ははっと我に返った。

目に憎悪をたぎらせ、包丁を握った女性が襲い掛かってくる。

「わっ……うわっ、……や、やめ……」

女性がやみくもに包丁を振り回すたび、頰《ほお》や肩、腕や足に鋭利な痛みが走った。

（に、逃げないと）

どこに、なんてわからないが、とにかく距離を取らないと。

夕真は転がるようにして逃げ出した。

（あの屋敷に行けば……）

建物の中なら隠れるところもあるかもしれない。

だが本当は、どこに逃げても無駄だとわかっている。女性の方はともかく、富岡にはもう四年間も追いかけられてきた。どこに隠れようと、彼は自分を逃がさないだろう。

（やってないのに……！）

自分は何も知らない。

何も覚えていないのに。

＊　＊　＊

グラグラと揺れる視界に辟易《へきえき》しながら、藍沢は屋敷をさまよっていた。

一瞬、二階で明かりがちらついたのが見えたので、エントランスから続く大階段を上る。

普段なら簡単に上れるはずの階段が、今は断崖絶壁のようだ。めまいと嘔吐《おうと》感、喉《のど》の渇きに加えて、極彩色の幻覚が襲い掛かってくる。

一歩進むのも大変で、藍沢は普段の何倍もの時間をかけて二階へ行った。

（喉、渇いた……）

途中にあった洗面所で蛇口《じやぐち》をひねったが、細い蛇《へび》がドバドバと出てくるだけで、水は一滴も出なかった。ここは廃墟《はいきよ》のようだし、水道は止められているのだろう。

蛇自体は振り払えばいいので気にならないが、とにかく喉の渇きがきつい。

そうでなくても藍沢は我慢が苦手なのだ。空腹も眠気も我慢できない。学生時代は気ままにふるまいすぎると奇異な目で見られたので、なんとかこらえてきたが、学生生活が終わった今、あらゆる我慢をしたくないと思っている。

それでもこの場で水を求めてさまよわずにいるのは、藍沢にとって喉の渇きよりも大切なことがあるからだ。

（人形、取り返さないと）

廃墟と化した二階を見回す。

明かりはなく、ぼんやりと周囲が見える程度だ。

あちこちの床が腐《くさ》り、歩くたびにぎしぎしと不穏な音を立てる。カーテンはとうに取り外され、ひびの入った窓の外には雑木林が広がっていた。

あたり一帯は埃《ほこり》っぽく、どこかうっすらと鉄臭い。あちこちに赤黒いシミがあり、そこからとげの生えた、ヒルのような黒い生き物がうねうねと這《は》い出している。

「にんぎょ……ん？」

それらを踏みつぶしながら歩いていた時、藍沢は廊下の隅《すみ》になにかを見つけた。

また幻覚だろうかと思いつつも近づいてみると、薄汚れたスケッチブックだ。

表にはゆがんだ子供の字で「あいざわゆいと」と書かれている。

「俺の……？」

不思議だ。自分は芸術の類《たぐい》とは縁がなく、絵を描いた記憶なんて一度もないのに。


——いいこにしてるから。


「……っ」

一瞬視界がホワイトアウトした。

遠くの方でかすかに声が聞こえたが、すぐさまそれは消えてしまう。

「……なんだ、今の」

なにを見たのかもわからないはずなのに、じっとりと汗をかいていた。呼吸が乱れ、喉の渇きが強くなる。

何度か空咳《からぜき》をし、藍沢は手近なドアを押し開けた。

「う、わ……」

予想外に散らかっている室内で、牙の生えたカエルを踏みそうになり、藍沢はたたらを踏んだ。

電気も止められているようで、スイッチを入れても明かりはつかない。それでも人形はないかと、幻覚を蹴散らしつつ目を凝らす。

散らかっている、というよりは「汚れている」だろうか。

ろくに洗われていない洗濯物や、汁のこびりついた食器類。折れた定規や丸められた紙屑《くず》があちこちに散らばっている。

——から、……で、……ね。

「う、あ……」

ずきん、と再び目の前が白くなる。同時に、前頭葉《ぜんとうよう》の奥に太い針を突き刺されたような頭痛に襲われ、藍沢は大きくよろめいた。

痛みを感じにくい藍沢ですら、声を上げるほどの激痛。ずきんずきんと脳全体を揺さぶるような痛みの中、なにかの幻覚がフラッシュバックする。

汚い床。痩《や》せた腕。

小さな手はまるで骨だけのようで、およそ生気を感じない。

けほ、と小さな咳が聞こえる。今にも消えそうな灯《ともしび》を思わせる、弱々しい生体反応。

けほん、けほん、こほ。

それに応《こた》える声は、ない。

「……っ」

反射的に藍沢は廊下に飛びのき、部屋のドアを閉めた。

爆発しそうなほど脈打つ心臓に翻弄《ほんろう》され、耐え切れずその場に膝《ひざ》をつく。嘔吐感を覚えてうずくまったが、吐くものは何もなかった。

「なん、だ、これ……」

さっきから自分は変だ。

打たれた注射のせいだろうが、それだけでもない気がする。現実と幻想が入り混じり、うまく思考が働かない。

よろめきながらも先に進むと、なにかを蹴飛ばした。

――剝きだしのインスタント麺《めん》と、生米。

その瞬間、うつろな目で膝を抱え、それらを口に運んでいる少年の映像が視界をよぎった。

「あ、っく」

ズキン、と再び頭痛が襲う。

同時に体内で、奇妙な音が聞こえた。

ザザン、ザザン、と打ち返す波のような不吉な音。

ザザン、ザザン……ザザザン……。

……ああ、これは、声だ。

自分の中から響いている、声。

――カア、サン……。

「……ッ、や、めろ……！」

＊　＊　＊

夕真は必死で雑木林を逃げていた。

周囲には外灯一つ立っておらず、おぼろ月の明かりは地上までは届かない。うっすらと周囲が見えるだけの暗闇《くらやみ》では、とても全力疾走《しっそう》はできず、何度も転んだり、木々に激突したりする。

そのうち、目指していたはずの屋敷の明かりは見えなくなり、自分がどこを走っているのかわからなくなった。

「は、はぁ……っ、ごほっ」

肺がギシギシと痛んだ。

うまく息が吸えないのは運動不足というよりは恐怖のせいだろう。

背後から自分を殺そうとする者たちが追ってくる。

包丁を持つ女性は明らかに殺意を向けてきていた。逃げないと殺される。

だというのに、夕真は気づくと、富岡一人を恐れていた。

元刑事、という肩書きも怖いし、娘を殺された父親という立場も怖い。

彼の執念深さは身をもって知っているし、彼が本気なら自分は勝てないだろう。

だがなによりも、夕真は中年男性が怖かった。

特に富岡のような、ずんぐりとした体格の中年男性が。

『……おい、夕真』

脳裏に思い出したくもない声がよみがえる。

筋骨隆々《きんこつりゅうりゅう》とした大男。酒を飲み、腕力を振るうことに何らためらいも持たない男の声が。

『お前、会社のやつに俺の息子だと名乗ったそうだな？』

あれは……中学生の頃だろうか。物心ついてから常に父は恐怖の対象だったが、夕真がどうあっても父の要求に応えられないとわかってからは、彼の「指導」は暴力を伴《ともな》うようになった。

二十人ばかりの従業員が働く小さな町工場を営んでいた父にとって、家と会社は自分の統治する「国」だった。家族や従業員はその国民。生殺与奪はすべて王である父が握っている。……そんな妄想を本気で信じていたとしか思えないほど、父は常に傍若無人《ぼうじゃくぶじん》だった。

『他人に名乗るなとあれほど言ってたのに、まだわかんねえのか、テメエは』

『ご、ごめんなさい……』

震える夕真をかばうように、小柄な母が間に入る。

『お父さん、夕真は悪くありません。買い物の途中でお会いしただけなんです。私……そう、私に声をかけてくれて』

『お前は黙ってろ！』

力任せに母を突き飛ばす父に、中学生の夕真ははっとする。

思わず母に駆け寄ろうとしたが、鷹《たか》のような双眸《そうぼう》ににらみつけられ、すくみあがった。ちゃんと勇気を出さなければと思うのに、それが成功したためしはない。父を前にすると、全身から力が抜け、しぼんだ風船のようになってしまう。

『なんか言いたげだな、夕真。言いたいことがあるなら言ってみろ』

『いえ……』

『言えよ、おい。言えるだろ、なあ。学校にもろくに行かず、根性もなけりゃ度胸もない。だからお前はダメなんだ。いじめで不登校なんて、いい笑いものだろうが！』

『……っ、それは』

『いじめなんてなあ、される方に問題があるんだよ。一方的にやられっぱなしだから、相手を図に乗らせるんだ。戦え！　そのためにも空手やらなにやら習わせてやってんだろうが！』

『あ、ああいうのは、僕は……』

『ちっ、やっぱり行ってねえのか。ホントにどうしようもねえな、お前は。戦いもしねえで、引きこもって、こんなもん書いて、現実から逃げてやがる』

父が手に持っていた紙の束を床にぶちまけた。

夕真が部屋でこっそりと書きためていた小説の原稿用紙。

憎しみをぶつけるように、用紙をかかとで踏みにじる父に、夕真は悲鳴を上げた。

『やめ……やめてください……！』

必死に追いすがるも突き飛ばされる。

それでも、原稿が踏まれるのだけは見ていられず、夕真は這いつくばって原稿をかき集めた。……だが、その手の上に、分厚い足が降ってくる。

『うあっ』

思い切り踏みつけられ、手の甲《こう》の骨がみしりと鳴った。

父は力を弱めることなく、ぐりぐりと執拗《しつよう》に夕真の手の甲を踏み続けてくる。

『愚図《ぐず》で！　のろまで！　臆病《おくびょう》で！　お前なんてトロくて役立たずで、何の価値もねえんだよ！』

手の甲を踏んでいた足が、今度は背中に落とされる。止《や》むことのない砲弾のような蹴りが背中に降り注ぎ、夕真は我慢できずにうめいた。

（なぜ……）

こんな目にあわなければならないのか。

やりたいことをしているだけなのに、これほど否定され、暴力を受け、それを取り上げられなければならないのか。

『作家になりたい、だぁ？　気持ちわりいこと言ってんじゃねえ！　俺はああいう根暗な連中が大嫌いなんだよ。直接立ち向かわねえで、女の腐ったのみてえにこそこそと自分の頭の中でうっ憤を晴らしてるだけだろうが！　ナメクジか、テメエは！』

『父、さ……』

『俺を父親だと呼ぶんじゃねえ！　お前みたいなのが俺の息子だなんて、俺の人生最大の汚点だ。今すぐ消えろ。死ね！　裏の崖から飛び降りろ！』

死を願う言葉が降ってくる。

踏まれるよりもなお痛い言葉の数々。

なにを言っても、父親であるはずの男の耳には届かない。

このままだと殺される。やりたいことも、将来の夢も、何一つ叶《かな》えられずに殺される。

それが嫌なら、

――コロセ。

（……え？）

どこかで低く、何者かの声がした。

今まで聞いたこともない声。だが、ずっと聞いてきたような声。

（これは……）

自分の、声だ。

父の暴力におびえながらも不満を抱くたび、身体《からだ》の奥から響いていた声。

「待てや、佐藤《さとう》！」

ほぼ闇に閉ざされた雑木林で、富岡が夕真に追いついた。追いついたというより、転びつつ逃げまどっていた夕真が突然、ぴたりと足を止めたのだ。体力の限界を覚えて立ち止まったわけではなく、自動で動く人形の電池が切れたような……。

不自然な静止だったが、富岡は気にしなかった。

獲物《えもの》を食らうなら今だとばかりに、腰に差していた警棒を引き抜く。「Avengers' Yard」には様々な立場の者がおり、その中の一人が手配してくれた正真正銘、本物だ。

久しぶりに持った、手になじむ気配に高揚する。

やはり刑事は警棒か拳銃《けんじゅう》だ。銃もいいが、やはり殴った時に手に伝わってくる感触がリアルな方がいい。

由美《ゆみ》の仇、という考えを一瞬、富岡は忘れた。逃げる犯人を追い詰め、一方的な暴力で刈り取る国家権力の飼い犬としての自分が目を覚ます。

「死ねえええええ!!」

一切容赦《ようしや》なく、警棒を振り下ろす。

その手に伝わってくる、頭蓋骨《ずがいこつ》の叩き割られる衝撃を想像し、富岡は一瞬恍惚《こうこつ》とした。

……だが、

「……あ？」

ぶん、と警棒が空を切り、富岡はたたらを踏んだ。

目の前で無防備にたたずんでいたはずの佐藤夕真が、いない。

「ぐはっ」

勢い余ってつんのめった瞬間、富岡は腹に重い衝撃を受けて大きくのけぞった。

ゴロゴロと地面を転がり、胃液を吐く。

誰かに蹴られたのだとわかったが、理解するのに時間がかかった。いったい何が起きたのだと困惑しながら顔を上げ、

「――あ？」

富岡はぽかんとした。

目の前に立つのは、確かに佐藤夕真だった。

だが眼差しが、たたずまいが、雰囲気が、なにもかもがすべて違う。

一瞬で中身がガラッと入れ替わったかのように。

「死ぬのはテメエだ。クソ刑事」

長い足を悠々《ゆうゆう》と振り上げ……佐藤夕真だった「モノ」が富岡を再び蹴りつけた。

＊　＊　＊

まるで迷路のような屋敷内を、藍沢はよろよろとさまよっていた。

めまいは治まらず、吐き気と冷や汗も止まらない。それでも足は止められない。

大切な人形。

母に作ってもらった愛の証《あかし》。

絶対に、あれだけは取り返さないと。

「……い、た」

二階の一番奥にある部屋へ入り、藍沢は安堵《あんど》のあまり、思わず膝をつきそうになった。

他の部屋と同じく、すでに使われてはいないが、豪華な部屋だ。唯一シャンデリアにろうそくが設置されていて、西木《にしき》の姿をゆらゆらと照らしている。

部屋の奥には内扉が一枚。その先にも部屋があるようだ。

「……おやおや、ずいぶんつらそうだ」

ワイングラスを傾けながら、西木が嫌味なほど優雅に振り向いた。

汗だくで何度も転び、髪もくしゃくしゃになった藍沢を見て、これ以上ないほど楽しげに微笑《ほほえ》んでみせる。

「色男が台無しだ。……だが、いつものにやけ顔よりはそうしている方がずっといい。……飲むかね？」

ワイングラスを差し出してきた西木に、藍沢は首を横に振った。

普段なら飛びついただろうし、すでに喉の渇きは限界だ。より一層幻覚を見るかもしれないリスクを冒《おか》してでも、つかの間、のどを潤したい気持ちもあった。

だが今だけは、それよりも優先したいことがある。

「にん、ぎょ……かえせ」

「意識が混濁《こんだく》しても、それだけは覚えているのか。ものすごい執着心だね」

「……なんのはなし」

「きみ自身、自分が絶望的なまでにいびつなことはわかっているだろう？　……ああ、どうかわからないとは言わんでくれたまえ、話が前に進まない」

「……あなたが、悪口を言ってるのは、わかる」

「よかった、それだけわかっていたら何も問題ないさ。……そうだね。人形を返せときみは言う。私に憎まれていることを知りつつ、そう頼んでくるのはなぜだね」

「なんでって……」

「欲しがったものはなんでも与えられるような裕福な子供時代を送ってきた？　……いいや、違うはずだ。きみにはわからないのさ。他人の感情が。他人の憎悪が。今まで周囲を観察し、人間に擬態してきたのだろうが、こういう時にぼろが出る。きみは化け物だよ、藍沢結人《ゆいと》。生きていてはいけない、死ぬべきモンスターだ」

「いいから……」

「人形を返せ、か。馬鹿《ばか》の一つ覚えのようだね。こうなるときみの目の前で燃やすというのも手だったように思えてくるが……」

血相を変えた藍沢を見て、西木は楽しげに喉を鳴らした。

「冗談さ。人形は奥の部屋にある。きみが母親に作ってもらった、世界で一つだけの宝物……好きに持っていくといい」

西木は優雅な仕草で脇によけ、奥の部屋へ続く内扉を示した。

なにかしてくるつもりかもしれない、とも思ったが、今は人形の方が大切だ。

藍沢は無防備な背中をさらしながら西木の横を通り過ぎ、内扉を開け……、

「え……」

ぽかんと立ち尽くした。

【10】

真実・真相・新事実

屋敷の最奥にある部屋には異様な光景が広がっていた。

「な……」

他の部屋は朽《く》ちつつあるが、この部屋だけはきちんとしつらえてある。毛の長いじゅうたんに、豪華なテーブルや椅子、化粧棚に大小様々な収納棚。二十畳ほどの部屋が狭く見えるほど、そこかしこに重厚な家具が置かれ、バルコニーに続く大窓には重い遮光《しゃこう》カーテンがかかっている。天井からはシャンデリアが垂れ下がり、無数のろうそくが室内を照らしていた。

だが、これまで何に対してもひるんだことがなかった藍沢《あいざわ》を立ちすくませたのは家具ではない。シャンデリアでもなければ、窓でもない。

室内を埋める、人形、人形、人形。

藍沢の宝物と同じ姿かたちの、少年の人形が天井から、シャンデリアから、テーブルの縁から、首に縄をかけられ、吊《つ》るされている。

藍沢が愛する人を手にかける時と同じ手法で。

「……あくしゅみ、だ」

つかの間の動揺から覚め、藍沢は一つ前の部屋を振り返った。そこで口元に笑みを浮かべている西木《にしき》に、顔をしかめる。

この中から、自分の人形を探してみせろというのだろうか。

そんな藍沢の考えを正確に読んだのか、西木は喉《のど》の奥で笑った。

「おやおや、早合点する前に、なぜこんなに人形があるのかを考えてくれないか。……選択肢その一、私がチクチクと一つずつ、きみの母親の手作り人形と同じ人形を縫った。……ははは、間違いだ」

「……」

「きみの留守中、何度も部屋に侵入して写真を撮り、どんな生地を使っているのかを調べるなんて現実的ではないだろう。では選択肢その二、きみがいない間、あの家に針子《はりこ》を差し向けて、即行で裁縫を行わせた。……当然違う。あり得ない！」

「……じゃあ、なんで」

「なぜって、これがただの既製品だからに決まっているじゃないか」

「――……」

その言葉に、藍沢はぽかんとした。

だがその反応すら予想できていたのだろう。西木は意気揚々と話を続ける。

「海外で売られている土産物《みやげ》さ。おそらくきみの母が、知り合いから旅行の土産としてもらったのだろう。日本円にして千円にもならない安物……だがそのおかげで、手作りのように見えなくもないがね」

「いみが……」

「わからない、と？　まあ、そうだろうね。ただ私はきみの祖父母にも話を聞きに行った。多分、きみよりも母親のことを知っているよ。きみの母親は資産家で厳格な実家に嫌気がさし、出会って数日の男をそそのかして家を出た。……その後、男としばらく暮らしたが、世間知らずで我の強いきみの母にうんざりし、男は姿を消したそうだ。その時、腹にはすでにきみがいたそうだがね」

「なん……」

「ファッションデザイナーになるのが夢だったのはいいが、悲しいかな、きみの母には才能がなかった。かろうじて仕事は時々もらえたそうだが、日々、生活を切り詰めながら、有名になることを夢見てデザインを考案する日々だ。当然、旅行に行けるわけもない。実家に身を寄せていれば、自分も海外に行けるのに……自分一人ならば、なんとかなるかもしれないのに……。そう歯がゆく思っている時に海外土産などもらっては、腹が立つばかりだろう。きみの母は苛立《いらだ》ちながら、人形をゴミ箱に捨てた。それをきみが拾っただけさ」

「……なにを、いって」

「どうしたね。顔が真っ青だ。……まさか忘れていたとは言わんだろう？　きみを保護した施設の記録にもちゃんと書いてあったよ。ずっとネグレクトされていたそうじゃないか」

「……ッ」

ひゅ、と藍沢の喉が音を立てた。

内臓の裏が不気味に震え、血液が凍りつく。

（いくじ、ほうき……）

なにをバカなことを、と言いたかった。

自分には母に愛された記憶がある。きれいで清潔な部屋の中、生き生きと仕事をする母の横顔。呼ぶと振り返り、笑顔を見せる母の顔。

覚えている、覚えている、覚えている。

……ちゃんと全部覚えているはずなのに。

（おもい、だせない……）

カーテンを閉め切った薄暗い室内に、鉛筆が紙をこする音がこだました。

——ああ、違う、これじゃない。なんでうまくいかないの、こんなんじゃ全然ダメ。もっといいものが描けるはずなのに。

部屋の中心でぶつぶつと女性がうめく。

彫りの深い顔立ちで、元は美しかったとわかるが、今ではその面影もない。ぼさぼさの髪を一つに結び、よれよれの服を着た姿。頰《ほお》がこけ、目は落ちくぼみ、ぎょろぎょろと目の前の紙を見つめる姿は彼女を二十歳以上も年老いているように見せた。

——大丈夫、できる……私にはできる。誰にだって負けない。次のコンペは絶対に取ってみせる。もう、ここまで出かかってるんだから、これを形にすればいいだけ。

女性の言葉は途切れない。

髪をかきまわし、苦悩の表情を浮かべ、それでも自分のやりたいことに向かって没頭している。真っ白な紙を見つめ、その奥から浮かんでくるものを捉《とら》えようとしている。

鬼気《きき》迫るその姿は、まるでこの世のものではないようだ。

『おかあさん』

弱々しく名を呼んでも、応《こた》える声はない。

どんなに呼んでも結果は同じだ。

せめて「うるさい」とにらんでくれればいいのに、それすらもない。自分の存在は母の中で「ない」ことにされているらしい。

汚れた衣服を身に着け、乾燥したカップ麺《めん》をかじる痩《や》せた腕。

立ち上がり、母に訴えようと思ったが、その力すらわかなかった。

身じろぎしたところでバランスを崩し、床に倒れる。それでも母は振り向かない。

まるで自分なんて最初からいなかったようだ。

母の目は画用紙から離れない。

……ああ、あの画用紙がうらやましい。あの中に自分がいたら、母にまっすぐ見つめてもらえていたのに。

そんな空想に浸りながら、なおも諦《あきら》めきれずに口を開く。

『おかあさん』

脱水症状を起こしているのか、声はかすれ、まともな言葉にはならなかった。けほん、けほんと力なく咳《せき》をしても、母はこちらを見てくれない。

こっちを見て。

笑って。

名前を呼んで。

――一人で……ってしまわないで。


「――ぁ、あぁぁ……ッ」

藍沢はのけぞり、悲鳴を上げた。

目の前でなにかが爆発したように、一瞬何も見えなくなる。続いて、頭の中に忌《い》まわしい記憶がどっとあふれ、呼吸が止まった。

嘘《うそ》だ、嘘だ、これは違う。

なにかの間違いだ。だってこんなことがあるわけない。

いくら否定しようにも、無理やりこじ開けられた記憶が頭の中を埋め尽くし、藍沢自身の自我を根こそぎ押し流していく。

「きみは母に愛されなかったのだよ」

そこに西木の声が響いた。

ぞっとするほど穏やかで、悪意に満ちたささやき声が。

「憎まれたわけではない。嫌われたわけでもない。母親の目にきみは映っていなかった。

きみという存在そのものに関心を払わなかった。きみの声も、願いも、何一つ母親はくみ取らなかったというわけだ」

「……っ、ちがう」

「いいや、なにも違っちゃいない。だってそうだろう。きみの母親は創作活動に難航し、発想力を高めると謳《うた》った違法薬物に手を出した結果、錯乱《さくらん》状態に陥《おちい》り、首を吊った。きみはそれを見ていたはずだ。通報を受けて警察が駆け付けた時、きみは母親と同じ部屋にいたそうじゃないか」

「ちが……っ、ちがう。母さんは事故で……いや、病気で……！」

「ははは、事故でも病気でもないのはきみが一番わかっているだろう。いや、よもや今まで、無意識に考えずにいたのかね。母が死んだことは知っていても、その死因がなんだったのか、考えることを避けていたと？」

「――……ッ」

「きみの母親は自分で死んだのだ。子供がいるから死ねないと思うこともなく、最期に子供になにか言葉をかけるでもなく。……おやおや、今さらショックを受けることではないだろう。とっくにわかっていたことではないか。誰もきみを愛していない。母親も美香子《みかこ》も郡山真理子《こおりやままりこ》も……皆、自分の夢を追っていた。きみの存在など、誰も重要視していない。きみは誰からも必要とされていないし、いなくなっても惜しまれない。きみは、この世で一番無価値な化け物だ」

西木が告げる。楽しげに。

隙《すき》をついて藍沢を殺すだけなら、いつでもできた。拉致《らち》し、拷問《ごうもん》の末に殺すことも容易《たやす》かった。

だが、それでは藍沢に肉体的な痛みを与えるだけだ。

それでは飽き足らないと西木の目が言っている。娘の仇《かたき》は、苦しめて殺す。生まれてきた意味を否定し、彼の価値観すべてを壊して殺すのだ、といわんばかりに。

＊　＊　＊

雑木林で「男」は富岡《とみおか》と対峙《たいじ》していた。

胸に軽く手を当てる。自分の半身はずいぶん奥の方に引っ込んでしまったようで、かろうじて、その存在を感じ取れる程度だ。

だが今はその方が都合がいい。

こういう場面で、夕真《ゆうま》が役に立ったためしはないのだから。

「……んだ、テメエ。今さら反撃したっておせえんだよ！」

思い切り蹴りつけられた腹を押さえながらも、富岡が再度警棒を持って襲い掛かってきた。「男」はそれを、身体《からだ》をさばいてよける。すれ違いざま、つま先で富岡の足をすくうようにして蹴りあげれば、富岡はあえなく転倒した。

（いくつも習わされたからな）

中学二年になるまで、父親には空手からボクシングから、挙句の果てにカポエイラやムエタイの道場にも通わされた。

夕真自体は「逃げた」と思っていただろう。通った記憶がないのだから、そう思うのは当然だ。だが、それはある意味正しく、ある意味間違いだ。

夕真の肉体はあの時、実にまじめに道場に通い続けていたのだから。

「……っらぁ！」

馬鹿《ばか》の一つ覚えのように殴り掛かってくる富岡の胸ぐらをつかみ、自《みずか》ら腰を落としながら遠心力を利用して投げ飛ばす。もんどりうって倒れた身体に悠然《ゆうぜん》と近づき、富岡が立ち上がる前にその胸元を改めて蹴りつけた。

暴力も攻撃も手慣れたものだ。

自分はそのために生まれたのだから。

「だ、誰だ、テメエ……」

ようやく富岡にも、目の前にいるのが夕真ではないとわかったようだ。別に名乗る義理はなかったが、混乱され続けても面倒くさいと思い直し、ため息を一つ。

「カズマ」

「……カズマ？」

「富岡由美《ゆみ》を殺した犯人を捜していたんだろう。四年間もご苦労だったな」

「お前……テメエ、まさかお前が……」

「あの日の真相、聞かせてやろうか」

冷たく富岡を見据《みす》え、「カズマ」は口を開いた。

意識を失った肉体というのはうんざりするほど重いものだとカズマはため息をついた。中学二年の時にも感じたが、何度体験してもうんざりする。とはいえ、あの時引きずったのは成人男性だったのだから、今はまだマシというべきか。

『ううん……』

酒臭いうめき声がすぐそばで聞こえ、カズマは再度ため息をついた。

もう嫌だ、もう嫌だ、と夕真が嘆くのでうっかり「出てきて」しまったのが間違いだったか。いや、むしろこのまま面倒ごとを片付けてしまうべきかもしれない。

『あろさぁ、さとー……』

べろべろに酔った女が夕真のことを呼ぶ。

『あんた、おこってんでしょ。あたしがとーさくしたの。まー、とーぜんよねぇ』

『……』

カズマが無言でも、女はあまり気にしない。

『あんなお遊びみたいなサークルで、一人だけコツコツ書いてたもんねえ。あんた、すーっごく浮いてたよぉ？　みんなに陰《かげ》で笑われてさー、キモイキモイって言われてたの、しらなかったわけじゃないでしょー？』

『……』

『れもさぁ……あんた、それでもやめなかったじゃん。ほんとさー、なんでー？』

『知るか』

『あー、やっぱり怒ってるー。きゃははっ、そういうの、ちゃんと出してたら、誰にも舐《な》められなかったのに、ほんとぶきよーだよねぇ。ほんと……ほんとにさぁ、あんた面白いもん、書くのにねえ』

『……』

『あんた、きっとゆーめいになっちゃうよねぇ。日本中のみんなが知ってるようなやつになってぇ、ゆーめいな賞とかも取っちゃってぇ……で、うちのサークルのことなんて、きっとおもいだしもしないよねぇ』

『……』

『……れもさぁ、れも、これであんた、あたしのこと忘れないじゃん？　ずぅーとあたしのことをうらみ続けるじゃん？　……ふふ、ざまーみろ』

『……』

『おい、なんか言えよー。乙女の、いっせーいちだいの告白なんだぞー』

ふはー、と酒臭い息を吐きながらそんなことを述べる女にうんざりし、カズマは足を止めた。ちょうどT字路に差し掛かったあたりだったのは偶然だ。

女は期待に満ちた目で、よろめきながらも向かい合った。

彼女は今、「夕真」に告白したらしい。

カズマには正直、逆効果としか思えないが、この女のことはよくわからない。

唯一、はっきりしていることがあったので顔をゆがめる。なんだかとても笑いたい気分だ。

『あのな』

『な、によぉ』

『今の言葉、夕真は聞いてねえから』

『は、ぁ――?』

とんとん、と自分の胸を指で叩きながら、カズマは暗い悦楽に任せて、喉の奥で笑った。

『夕真は夢の中だ。一世一代の告白だったのに残念だったな』

『な、なによ、それッ!』

カズマは事実を告げたのだが、女は「はぐらかされた」と思ったらしい。酔いでうるんだ目に、追い詰められた生き物が放つ、最期のきらめきが宿る。

……その瞬間だけ、カズマから見ても女は美しかった。

ブロロロ、と遠くから重いエンジン音が近づいてくる。

やがて、T字路の右角がうっすらと明るくなった。

『……いいわよ、わかった。ああ、わかったわ。わかったわよ!』

『ア?』

『そんなに言うなら、もっと記憶に残ってあげるわよ! あんたなんてだいっきらい! 死んじゃえ!』

そう絶叫し、女はくるりと踵《きびす》を返した。

駆けていく背中が遠ざかる。

エンジン音が大きくなる。

ライトの光が強くなり、そして――。

「なん、だと……?」

呆然《ぼうぜん》と呟《つぶや》く富岡を前に、カズマは笑った。

これは夕真も知らないことだ。目撃者もおらず、これまで誰にも明かされてこなかった真実。

「あの女は自殺した。夕真の記憶に残りたい一心でな」

「そんな……そんな馬鹿な話があるもんか！　由美がそんな馬鹿なことで……そんなの、信じるもんかよ！」

「おーおー、さすがあの女の父親だ。思い込みの激しさとはた迷惑さは親父《おやじ》譲りってか」

カズマは肩をすくめ、富岡を見据える。

「あんたの娘は夕真のことだけ考えて死んだ。親のことなんて、最初から最期《さいご》まで出てこなかったぜ。あんたはこの四年間、ずっと独り相撲《ずもう》をしてたってわけだ」

「そんな――」

「だが、あの女の死の原因は夕真にあったと言えなくもない。だから相手をしてやるよ」

富岡を見下ろし、拳《こぶし》を構える。

「く、来るな」

「まさか夕真が弱々しく逃げるだけだったから、調子に乗って追い回してたわけじゃねえだろう。娘の仇《あだ》討ちなんだろうが」

「来……」

「父親殺しには慣れてる。とっくに経験済みだからな」

「ヒッ」

「死ぬまで殴り合いだ。来い」

拳を握り、富岡に迫る。父親、と名のつくものが相手だと、不思議と他の誰を殺す時よりも闘争心が増す気がした。

その衝動のまま、富岡に拳を振り下ろそうとしたその瞬間、

「ヒイイッ」

空気が抜けた風船のような悲鳴を上げ、富岡は一目散に逃げ出した。

「……アア？」

あっけにとられ、カズマはその背中を見送った。

「んだよ、おい」

　娘の仇なんだろう、と呟いた。娘を殺され、許せないから犯人を探し求めていたのではなかったのだろうか。

　なのに逃げる？　……なにかの罠《わな》か。どこかに隠れ潜み、次の一手を狙っているのか。ならば今度はこちらが追って……、

「ぐ……ッ」

　その時、わき腹に衝撃を覚え、カズマは一歩よろめいた。

　身体をひねると、小柄な女性が抱きつくようにしてぶつかってきていた。

（郡山真理子の……）

　母親だ。途中で引き離されていたものの、やっと追いついてきたらしい。追いつき、カズマに体当たりをしてきただけならば別にいい。

　だが……違う。わき腹が燃えるように熱い。

　そしてそれ以上に、激しい怒りをたぎらせた目に射抜かれる。

　彼女の目には覚えがある。ああ……本当に彼女と娘は瓜《うり》二つだ。

（あの日……）

　まだ九月の暑い日だったあの日、夕真は一人の女になじられた。

嵐のように去っていった彼女を見送り、少ししてから喫茶「レオポルド」をあとにする。

自分の脚本を否定されて、悔しさで頭がいっぱいだった。

悔しさや怒り、憎しみが一定量に達すると、自分と夕真は入れ替わる。

自分はひそかに郡山真理子を捜し……そしてふれあい公園で一人の男と話している姿を見つけたのだった。

やけに容姿の整った温和な男がかいがいしく真理子をなだめ、話を聞き、飲み物を渡しているのを見て、うんざりしたのを覚えている。

彼が立ち去るのを待つしかないと思い、裏の林に潜んでいた。

だがなぜか男はいつまでも真理子と別れるそぶりを見せず……それどころか、不自然な形で眠りについた真理子を抱え、林の中に入ってきたのだった。

持っていたバッグから縄を取り出し、器用に結び目を作って木に引っかけると、男はあっという間に真理子を吊るしてしまった。

見間違いかと思って近づいたはいいものの、その足音を聞き付けたのか、男はパッと身をひるがえしてしまい、それきりどこかへ消えたのだ。

あとに残ったのは郡山真理子の首吊り死体と、うかつにも男が落とした財布のみ。

……アホか、あの男。

　思わずカズマは呆《あき》れた。そのまま放置して帰ることもできたが、財布を持ち帰ったのは単なる気まぐれだ。自分が殺そうとした相手を横取りした者への意趣返しのような、あの女を殺してくれた彼への感謝のような。

　そのあとのことはほとんど夕真が知っている。

　どういう偶然か、あの男と知り合い、なじみの喫茶店でよく会う間柄になったことには頭を抱えたが、彼が夕真に危害を加えない限り、こちらは放置する気構えだった。

　郡山真理子の家族に関しては、特に注意は向けていなかった。どこにでもいる、温厚で無害な母親だとしか思っていなかった。

　まさか、内に秘めた激情は娘以上だったとは。

「……ったく、母親ってのはこれだから」

　思わず苦笑がこぼれた。

　強引に自分が下がって距離を取る。

　包丁が抜けた傷口から、ざあっと血があふれ出たのがわかった。

（多分、臓器は無事だが）

　道場に通っていた時に教えられた内臓の位置を思い出しながら、カズマは痛みをこらえた。刺された場所からなんとなくそう判断しただけで、自分は医者ではない。もしかしたら致命傷なのかもしれないが、まあ、それならそれで仕方ないだろう。

暗がりでも、血の匂いが濃厚になる。それに気づいたのか、真理子の母親が初めて、ハッと我に返ったような表情を見せた。

「俺の……夕真の母も、そうだった」

「な、なによ……」

「ずっと夕真をかばい、親父の暴力を受けてくれた。俺が初めて表に出て、親父を殴り殺した時も、母が最初にやったのは証拠隠滅《いんめつ》だった」


――裏の……家の裏の崖から捨てましょう。

床がどんどん赤く染まっていく。

棚に置かれていた重い置時計の角が血に染まっている。

置時計を手にしたまま立ち尽くすカズマに対し、母は悲鳴も上げずにそう言った。声も身体も震え、顔は蒼白だったのに、それでも母の目に迷いはなかった。

――崖の斜面にはたくさん岩が転がっているし、今日は雨……。きっと血は洗い流されるわ。頭の傷だって岩にぶつかったものだと思ってもらえる。

――母、さん……。

――大丈夫、もし疑われたとしても、母さんがやったことにすればいい。女だってね、不意を突いて、思いっきり重いもので殴れば、男の人くらい殺せるんだから。

カズマの手から置時計を奪い、丁寧に指紋をぬぐったあとで、母は自分の指でしっかりとつかみなおした。

恐怖と悲しみがないまぜになった顔で、母が笑う。

大丈夫、大丈夫よ、と繰り返す。

自分自身に言い聞かせるのではなく、ひたすら「夕真」を安心させるためだけに。

「母はいつも夕真を守ることだけを考えていた。本当に、ただそれだけを」

カズマが犯行に及んだのは父親殺しと、もう一つ。

高校で夕真の書いた小説を勝手に音読し、クラス中の笑いものにした教師を夜道で撲殺《ぼくさつ》した時の二件だ。

泥酔《でいすい》して、ふらふらと帰宅するところを待ち伏せして殴り殺した。

その時はさすがに捕まるかと思ったが、教師が酒乱だったことが幸運だった。「酔って気が大きくなり、帰り道で他の酔客に喧嘩《けんか》を吹っ掛けて殴り飛ばされた際、当たり所が悪くて死亡」……そんな筋書きを勝手に作ってもらえたのだった。

彼を殴った加害者もきっと殺した自覚はないだろうし、犯人逮捕は難かしいだろうと警察は最初から及び腰だったそうだ。

なにより、教師の妻が意外なほどあっさりとその報告を受け入れた。

日頃から、彼女もまた酔った教師の暴力を受けていたらしい。その相談を受けていた母親が彼女に何を言ったのか……カズマには確かめるすべがなかったが。

「それは、多分間違った優しさなんだろう。……けど、親父に否定され続けた夕真にとって、自分を守ってくれる大人がいるってのはなによりデカいことだった」

「……っ、あなたにも、母が」

「ただ秘密を抱え込むには、弱すぎた。今は地元で入退院を繰り返してる。仕送りはしてるが、なかなか孝行はしてやれねえな」

「——……」

「あんたが、許せねえってんなら、それは正しい。……来い」

富岡に対しては拳を握り締めながら発した言葉を、今は両手を広げて発する。

痛みをこらえ、苦笑しつつ待ち受けるカズマを前に、真理子の母は再度包丁を握った。

腹の前で両手で刃物を握り締め、身体ごと突撃してこようとする。……だが、

「……っ、真理子……まりこ……ッ」

うめくように娘の名を呼び、彼女はがくりとひざまずいた。

復讐《ふくしゅう》者ではない。もう違う。

凍《い》てつく冬の林に、娘を失った母親の悲痛な泣き声だけが響いた。

＊　＊　＊

誰からも必要とされず無価値だ、という西木の言葉が藍沢にずしりとのしかかる。

こんなことは初めてだった。今までずっと、藍沢は木漏れ日《こもび》のような暖かい世界でまどろむように生きてきた。恋をした時だけ、世界がぱっと華やぎ、うきうきとした気分が持続する。それを味わいたくて、何度も何度も恋をした。

だが今となっては、それが「恋」だったのか、わからない。

今はただ無理やりこじ開けられた記憶がじくじくと痛む。

「さあ」

ふいに西木が腕を伸ばし、部屋の奥を指さした。

なにがなんだかわからないまま、それでも素直に顔を上げた藍沢はゆっくりと息をのんだ。

——絞首台《こうしゅ》がある。

首を吊られた無数の人形の中に紛《まぎ》れるように、年代物の絞首台がひっそりと置かれていた。ご丁寧に首を通すための縄までセットされた状態で。

「きみが心の奥で、本当に求めていたものはこれだろう？　首をくった母親に、連れていってもらいたかったのだろう？　置いていかれて悲しくて、自分が愛するものを吊るすことでつかの間、自分も向こうに行けるような気がしていたのだろう？」

「……」

そう、なのだろうか。

（そうかも……）

考えたこともなかったが、穏やかな西木の声に畳みかけられると、なんだかそうだった気になってくる。

ふらりと一歩、前に踏み出す。

歩くたび、絞首台が近づいた。

「さあ」

西木に促《うなが》され、藍沢は台に登った。

縄に首を通すのは、とても簡単だった。これまで七人の細首を縄に通してきたのだからお手の物だ。むしろいつもはその辺にあるものに吊っていたので、自分だけきちんとした絞首台を使ってしまって申し訳ないような気にもなってくる。

（これで、母さんのもとに）

長い息を吐いた。

次の恋を見つけるため、新しい土地へ行くようなわくわく感ではない。どちらかというと、やっと長旅が終わるような感覚だ。

気づかないだけで、自分はずいぶん疲れていたのだろう。

でももういい。これですべて、終わりにできるのだ。

そう考えて再び大きく息を吐き、藍沢は乗っていた台を蹴りつけて倒そうとし――、

「……？」

「どうしたね？」

苛立たしさと用心深さの入り混じった声で、西木が尋ねてくる。

なんでもないと首を振り、なおも台を倒そうとし……したのだが、

「……？」

おかしいな、と思った。

「できない……？」

台を蹴りつけるだけですべてがきれいに終わるのに、足は台の上に根を張ったように動かず、両手は首を通した縄をがっちりとつかんでいる。

どうしよう、と藍沢は珍しく途方に暮れた。

これでは死ねない。

「こまった……」

ぽつりと呟いた脳裏に、首を吊った母の姿が浮かぶ。

薬で錯乱し、金切り声を上げ、髪を振り乱して暴れたあと、タオルを引き裂いて縄状にし、カーテンレールに引っかけた姿。

――まって。

一部始終を見ていた幼い自分が胸中で叫ぶ。

衰弱《すいじゃく》しきってもう指一本動かせず、倒れたまま事態を見つめるしかない状態で。

――まって、おねがい、おかあさん、まって。

どんなに叫んでも口から言葉が出てこない。

どんなに見つめても、母はこちらを見てくれない。

それでも、幼い自分は何度も叫ぶ。何度も何度も、待って、やめて、と心の中で悲鳴を上げる。こんな光景は見たくない。こんな形で母を失いたくはない。だって……。

「——ああ、そうか」

その瞬間、藍沢はすべてを理解した。

西木が調べた藍沢の過去は本物だ。

だが彼が推測した、藍沢の考えはあまりあっていない。

「思い出した。俺があの時、なにを考えていたのかも」

「……何を言っている。早く……」

「いや……」

大きく息を吸い、吐く。

不思議と喉の渇きが和《やわ》らぎつつあった。

慣れたのだろうかと思ったが、どうもそうではないらしい。屋敷をさ迷い歩く最中、藍沢をむしばんでいた薬の効果が徐々に弱まっていたのだろう。

その証拠に、少し前から奇妙な幻覚を見ていない。散り散りになっていた思考もまとまり、落ち着いて物事を考えられるようになっている。

(多分……)

これは西木も計算していなかったに違いない。

いや、彼が余計なことを語らず、藍沢を追い詰めることだけに専念すれば、十分すぎる時間があっただろうが、彼は時間配分を間違えた。六年間追い続けていた娘の仇を前にして、話すことに時間を使いすぎたのだ。

「せっかく色々用意してくれたのにごめんなさい。でも俺は、母さんのあとを追いたいわけじゃなかった」

「どういうことだね」

　縄から頭を抜き、絞首台を降りる。

　何度考えても、一つの答えにたどり着いた。

　忘れていた過去と、初めて覚えた願望のことを。

「あなたは『人』だから……わからなくても仕方ない。あの時俺は、母さんが首を吊るのを見て、確かに『やめて』って叫んだんだ」

「だったら……！」

「何度も何度も、心の中で。……『待って、お願い。一人で逝《い》ってしまわないで……僕に殺させて』って」

「な――……ッ！」

「好きだから……俺の手で殺したかった。俺は昔から、ただ好きな人を吊るしたいだけだった」

母に存在を否定され、徐々に弱っていきながら、藍沢の中にあるものはどうしようもない「悲しみ」だった。

無関心だと、こんな風に緩慢《かんまん》な死を与えられてしまうのだ。放置されて衰弱し、干からびるように死んでいくのだ。

それは嫌だ。最期くらいは誰かに見つめられ、声をかけられ、そのぬくもりを感じたかった。

——愛されてたら、こんな風に死んでいかずにすんだのに。

死に瀕《ひん》しながら、幼い藍沢は想像してみる。

母に愛される自分の姿を。呼ぶ声に応えてもらえる瞬間を。

母が自分を愛していたら、きっとこちらを見て笑ってくれる。

きっと食事を作ってくれるし、藍沢の名前を呼んでくれる。

子守唄を歌ってくれるし、人形だって作ってくれるに違いない。

そしてきっと——まっすぐに見つめ、藍沢と向き合い、その手で殺してくれただろう。

それを想像すると、幸福感で胸がいっぱいになった。

だって殺しはもっとも相手と向き合う行為だ。

相手の命に積極的にかかわることがその証《あかし》だ。

それを「吊るす」ことに限定させたのは多分、母の最期の光景が目に焼き付いていたからだけど。

「俺は、自分では死なない。死にたいなんて思ったことは一度もないから」

「……化け物が」

苛立たしげに舌を打ち、西木は懐《ふところ》から拳銃《けんじゅう》を取り出した。

藍沢が正気に戻ったあとも落ち着き払っていたのは、このためか。

（どうしようかな）

この状況を打開する策が思いつかず、藍沢は困惑した。

【11】 因果は廻りて

殺してやろうと西木《にしき》は思った。

せっかくの復讐《ふくしゅう》劇を味気なく終わらせたくなくて、過剰演出をしてしまったのが間違いだった。

相手はただの化け物だ。自《みずか》ら死ぬ権利など与えてやらず、一方的にその命を摘《つ》み取るべきだった。

だって美香子《みかこ》は……最愛の娘はそうやって殺された。

夢を持ち、情熱を燃やしていただけなのに、その命を無残に奪われたのだ。

「許されるはずがない……！　散々自分の欲望に従って他者を葬《ほうむ》ってきたのだから、最後は自分も奪われるべきだ」

「まあ、それはよくわかる」

「貴様に理解できるはずがない！」

自分を愚弄《ぐろう》しているのだ。この、顔の皮一枚だけ美しい、醜《みにく》い化け物は。
(美香子……)
どんなに苦しく、無念だったことだろう。
今、仇《かたき》を討ってやるから。
「待っていておくれ」
手元に持っていたワインボトルから、グラスにワインを注ぐ。
これは神聖な酒。化け物を殺すためにふさわしい聖なる液体だ。
残っていた分を注ぐと、ちょうどボトルは空になる。
飲み干し、引き金を引こうとした時だった。
「カ、ハ……ッ、……?」
不意に息苦しくなり、西木は目を見開いた。
(……な、んだ?)
急に身体《からだ》が硬直し、うまく息が吸えなくなった。
身体は衰《おとろ》えたものの持病などはなく、今の今まで問題なかったはずなのに。
鼓膜《こまく》の奥でドクドクと脈打つ心音が聞こえる。
四肢《しし》が木の棒になってしまったかのようだ。

「なん、……ガ、……ア、ぐ……ッ」

不明瞭《ふめいりょう》な声は言葉を紡《つむ》がず、硬直したまま転倒する。

「えっ、大丈夫ですか？」

憎い仇の心配そうな声が遠くで聞こえたが、突っぱねるための言葉も出ない。

受け身も取れず、西木は顔から倒れた。ぱきりと鼻の骨が折れた音がしたが、痛みは他の苦痛でかき消されている。

（なんだ、なんだ、なんだ!?）

陸に上がった魚のようにけいれんしながら、西木は喉《のど》をバリバリとかきむしった。

藍沢《あいざわ》を殺せるなら死んでもいいと思っていたはずなのに、実際に異変が起きれば、西木の意識も肉体も、全力で生にしがみついた。

復讐を終えるまでは死ねない、ではない。

今、この瞬間に死にたくない、という生々しい感情だ。

そんな気持ちはもうないはず。自分の情熱はすべて、娘の仇《あだ》討ちに捧《ささ》げたはずなのに。

（なの、に……！）

この強欲には覚えがある。

娘が殺されるまで、西木はその存在すべてが「欲」の塊《かたまり》だった。

金が欲しい。美食が欲しい。高価な品が欲しい。人にうらやまれる生活が欲しい。

きれいで従順な妻が欲しい。可愛《かわい》い娘が欲しい。

願って、願って、願い続けた。

欲しいものがあれば、すべて手に入れてきた。

誰かのものを奪うこともいとわなかった
だから意外だった。自分の血を分けた子供の存在が、こうも自分の中で愛《いと》しく、大切な存在になるとは。

「ガ……ッア、――」

娘を失い、自分はすべての欲を捨てた。

正当な怒りを胸に、化け物に立ち向かう復讐者になったのだ。

六年前から自費で、気の遠くなるような調査を続けた。娘の周辺にいた怪しい人物を片っ端から調べ、娘の死に関与しているかどうかを確かめた。「Avengers' Yard」の存在を知ったのは、そんな途方もない日々の中だ。

当時娘のストーカー男に対する調査で話を聞いた女性が偶然、「Avengers' Yard」の住人だったのだ。

西木の身の上に深く同情してくれた彼女の口利きで、自分は組織に加入した。豊富な資金提供や興信所を使った調査により、組織内で自分の存在感はどんどん上がったように思う。

いつしか誰もが自分の話に耳を傾け、困れば指示を仰ぐようになっていた。

彼らを手足に使ったおかげで、自分の調査もぐっと進んだ。

もしかしたら藍沢結人《ゆいと》という化け物は「母親」に殺されることをもっとも恐れるのかもしれない、と考え、被害者の母親も勧誘してみた。だがそのあと、彼には「母親」より「人形」の方が効きそうだと考え、そちらはあっさり切り捨てた。

今頃あの愚《おろ》かな女は別の男を娘の仇だと信じ込み、包丁を振り回しているだろう。

だが、そんなことはどうでもいい。

誰がどんな茶番を演じようと関係ない。

自分は忌《い》まわしい化け物を殺すのだ。

自分がこの手で、殺してやるのだ。

「グ……ぁ、ガァ……ッ」

だが……だが、なぜだ。

なぜ手足が動かない。なぜ息が吸えない。

目の前に娘の仇がいるのに。

絶対殺してやると思い続けてきたのに。

いったい……なにが。

おきたのか。

「……──」

それが最期《さいご》だった。

西木の眼球がぐるりと裏返り、力を失った身体が床に伏す。どろりとその身体から濁《にご》った生命力が漏れ出し、見えない汚泥《おでい》で床を汚す。

それきり、西木は動かなくなった。


「……美香子の、お父さん？」

ぽかんとして、藍沢は倒れた西木に近づいた。

演技かと思ったが、西木は本当に死んでいた。

執念を原動力にして動いていたミイラが、からからに干からびて倒れたようだ。

限界まで開いた目と口から伝わってくるのは、生々しい「未練」の表情。なぜ自分が死ななくてはならないのか、戸惑っているように見える。

「持病とかあったのか？」

首をひねるが、答えてくれる声はない。

突然現れた復讐者は藍沢の関与しないところで、突然その命を終えてしまった。

ずっと同じ舞台に立っていると思っていたのに、気づいたら自分だけが観客席にいたかのようだ。

藍沢は珍しく、憤慨《ふんがい》のような悔しさのような、釈然としない気持ちを覚えた。

もしかしたら自分はどこまで行っても「奮闘する者を眺める側」なのかもしれない。

「六年間……」

西木の遺体を見下ろし、ぽつりと呟《つぶや》く。

「ずっと俺のことだけ考えて、俺のことを追いかけてきてくれて、ありがとう。俺を殺そうとしてくれてありがとう」

なんだか初めて告白された学生のようにドキドキする。

「そんなことをしてくれた人は初めてで……どうしよう。今、すごくあなたを弔《つ》るしたい、んだけど」

だが、もう西木は息をしていない。

好きな相手に勝手に先立たれてしまったのは母に続いて二人目だ。

「さよなら。おやすみなさい」

開いていたまぶたと口を、自分の手で閉ざす。

その土気色の肌も、深いしわも壮絶な恨みを漂わせていて、「眠っているよう」にはとても見えない。だがそんな老人の遺体も愛しく、藍沢はかさつく頬《ほお》をそっと撫《な》でた。


富岡《とみおか》はふらふらと雑木林をさまよっていた。

きんとした冷たい空気は変わらないが、真っ黒だった空が藍色へ転じつつある。周囲の木々もぼんやりと見えるようになり、夜明けが近いことを教えていた。

だがそんなことはどうでもいい。

思考がまとまらない。頭がぐらぐらと揺れていて、足元もおぼつかない。

いったいどうしたのだろうと思ったが、それ以上に彼は追い詰められていた。

(仇を……仇を討たねえと)

何度もそれだけ思い浮かべる。

止まることも、引き返すこともしないが、そう考えている間は自分が正しいと思える気がした。

だってそうだ。自分はちゃんと娘を愛していた。署に泊まり込みが続く自分のもとにシヤツを持ってきてくれる娘を。自分にはない文才を持ち、新人賞を受賞する娘を。

美しく育ち、非行に走ることもなく、誰に見せても「いい娘さんだ」と言われるように成長してくれた娘を愛していた。

だが、娘は自殺したという。

最期の最期、父に助けを求めながら邪悪な男の手にかかったのではなく、愛する男のトラウマであり続けるために命を懸けたのだという。

……なんて愚かな女だ。

あんな女は自分の娘ではない。

だから、逃げ出しても恥ではない。

（ち、違う……）

脳裏に浮かびかけた言葉を慌てて振り払う。

自分は娘を愛している。海外映画に出てくるダークヒーローのように、娘のためなら法を破り、道を踏み外してもいいと思っている。

だから警察官になった。だから復讐者にもなったのだ。

自分は……皆から、深い尊敬を……。

「……」

その時、足になにかが絡まり、富岡はのろのろと視線を下げた。

どこから飛んできたのか、新聞紙が一枚、スネに張り付いている。特に気にせず、振り払おうとしたが、その時、見出しの文字が目に入った。

『見下げた臆病《おくびょう》者　富岡正康《まさやす》に失望の声多数』

「……ッ!!」

突然自分の名前が目に飛び込んできて、富岡はぎょっとした。

『●日未明、あかつき町××の雑木林にて、復讐者を名乗り続けた富岡正康の敗走が確認された。警棒を所持した富岡は素手の若者の反撃を受けて、あえなく戦意を喪失《そうしつ》させ……』

「な、な、なんだこりゃ……!　なんなんだ、これは!」

手触りは完全に新聞紙。

文字フォントやインクも全国紙とそっくりだ。

こんな奇妙な記事が掲載されるはずがないという考えは少しも浮かばず、ザアッと勢いよく血の気が引く。

……自分が逃げたことが全国に知られた?

娘の仇を前に、自分の命を優先したことを知られた?

ダメだ、ダメだ、それはダメだ。

昔から自分は何をやっても冴《さ》えなかった。容姿はすぐれず、芸術方面の才能もなければ、頭もよくなかった。

そんな自分の世界が変わったのは中学生の時だ。ただむしゃくしゃしていて、通学路ですれ違ったモヤシ男をぶん殴ったら、その男が下着泥棒だったのだ。

近所にいた被害者たちが全員、自分に感謝した。

学校でも表彰され、クラスでも一躍ヒーローになった。

友人もできた。女生徒や教師も挨拶《あいさつ》してくれるようになった。

その時の感覚が忘れられず、刑事になった。

悪は退治しなければならない。正義は逃げ出してはならない。

一度でも逃げたら、また誰からも注目されない生活の始まりだ。

「こ、こんなのがばらまかれたら……、……ヒッ！」

愕然《がくぜん》としながら顔を上げ、富岡はさらに絶句した。いつの間にか、そこかしこにたくさん新聞紙が散らばっている。すべて、富岡が持っている一枚と同じページだ。

その不自然さに気づく冷静さもなく、富岡は必死の形相で新聞紙に飛びついた。

拾わなければ、隠さなければ、捨てなければ。

誰かがこれを見る前に。夜が明け、自分の本性が明るみに出る前に。

「拾え拾え拾え拾え拾え、誰も見るなこれは俺じゃねえ俺のことじゃ……うおっ」

とにかく目に付いた新聞紙をかき集めていた時、不意に地面がなくなった。いや、正確には地面だと思っていた場所が、沼だった。

広げられた新聞紙や枯れ葉で見づらくなっていたらしい。濁った緑色の沼に富岡は転がり落ちた。

「ぐっ、お……ぁっ」

バシャバシャと水を掻《か》くも、真冬の沼の水は冷たく、身体がこわばる。おまけに沼の淵には苔《こけ》がびっしり生えていて、ぬるぬると滑り、岸にあがれない。もがいている間に底や周辺から伸びた草が四肢に絡みつき、ガボンと一度大きく水を飲んでしまった。

その苦しさにパニックになる。暴れれば暴れるほど、着古したブルゾンが水を吸ってふくらみ、なおも自分の動きを阻害してくる。

誰か助けてくれ、と叫ぼうとしたが、無駄だった。

「はっ……が、……ッ」

偶然通りかかる者などいるはずがない。邪魔が入らないように、と西木にこの雑木林を指定されたのだから。

どんどん身体が沈んでいく。

どんどん地上が遠くなる。

どんどん、どんどん自分は光から遠ざかって――。

(……?)

緑色に濁った水面から必死で見上げていた富岡の視界に、ゆっくりと歩いてくる誰かの足が映った気がした。

必至で手を伸ばした。だがもう、水面から出るのは指くらいだ。そしてその指をつかむものは誰もおらず……富岡はゆっくりと沈んでいった。


いつの間にか朝が来ていた。

智子《ともこ》はふう、と一息ついて我が家を見上げた。

二時間ほど歩き続け、家まで一人戻ってきた。もう戻ってこられないかもしれないとは思ったし、戻れなくても仕方がないと思っていたが。

(多分まだ敬之《のりゆき》は寝ているわね)

家に帰ったら、まずシャワーを浴びて、飛び散った血痕《けっこん》を洗い流さなければ。

そして返り血を浴びた服は捨て、家族が起き出す前に朝食の支度をするのだ。

家族が会社と学校に出かけたあとは、荒れていた部屋を片付け、掃除と洗濯を済ませよう。いや、その前に線香だ。真理子《まりこ》の遺影にちゃんと報告して、謝ろう。

「ごめんね。母さん、失敗しちゃった」

憎い相手を殺すつもりで包丁を突き立てたのだけれど、あまり深くは刺せなかったらしい。押しのけられた時は逆に殺されることも覚悟した。

でも「彼」は智子に危害を加えなかった。

手を広げて、智子の殺意を受け入れようとした。

あの時の彼があまりにも「子供」に見えてしまって。

自分の母を案じる言葉を口にした彼が、愛しい我が子と重なってしまって、もう一度向かっていく殺意が湧かなかったのだ。

本当はみのり座の座長と真理子から主役を奪った役者にも復讐しようと思ったが、その殺意も一緒に消えてしまったようだ。真理子から「主役」を奪った彼らに対する怒りはまだ残っているけれど。

「でも……」

自分は我に返ってしまった。

殺人へと己を駆り立てるあの衝動は打ち止めだ。

普通に生きてきた智子が再びあの殺意をまとうことはできそうにない。

「それでも忘れない……。忘れないからね、真理子」

あなたの悔しさも、つらさも。

智子は大きく息を吐き、日常に戻っていった。

朽《く》ちかけた屋敷を出たところで、藍沢は大きく目を見開いた。

白々《しらじら》と夜が明けつつある雑木林にポツンと人影がある。

目下彼の想い人、夕真《ゆうま》だ。なぜ彼がここにいるのかわからないが、頬や腕、足には細かい切り傷が走っており、わき腹のあたりはどす黒く濡《ぬ》れている。大怪我《おおけが》だ。

「どうしたんだよ、夕真く……っ」

駆け寄ろうとしたものの、その足が途中で止まった。

振り返った男は確かに夕真と同じ顔と、同じ身体。

だが一目でわかる。鋭い目つきといい、苛立《いらだ》たしくも荒々しい気配といい、彼は違う。

器《うつわ》が同じというだけの別人だ。

「はあああ!?　誰だ!?」

夕真に会えた喜びと、怪我に対する心配が両方とも泡のようにはじけて消える。

藍沢は珍しく、キッと男をにらみつけた。

「中身返せよ、器くん！」

「変な名前で呼ぶんじゃねえ、ボケ」

「知るか！　誰だよ」

「カズマ」

「夕真くん出せよ、早く早く」

ひらひらと手を振って催促するが、カズマと名乗った男はわざとらしく無視してくる。

それがさらに腹立たしい。ひどい。詐欺《さぎ》だ。夕真に会えたと思ったのに、ぬか喜びさせられた。

「せっかく生還したのに、ついてない……」

がくりと肩を落として落胆するが、夕真と同じ顔の男が「カズマ」と名乗ったことに対する驚きはない。

いつも穏やかな夕真が時折ちらつかせる不安そうな表情。しっかりとした夢があって、目標に向かって突き進んでいるのに、常になにかをうっすらと恐れ、緊張しているような

っていた夕真は、まるで人を殺すような

雰囲気。

夕真が必要以上に創作活動にのめり込むのは、自分の中に潜む獣から目をそらすためだったのかもしれない。

だとすると藍沢が惹《ひ》かれた夕真を作り上げたのは、この「カズマ」のおかげでもある。

「それならまあ、仕方ないか……。よろしく、器くん」

「名乗ったのに無視か、テメエ」

「そんなことより、なんで血まみれなんだよ。誰にやられた？」

「郡山《こおりやま》真理子の母親だ。あの女を殺したのはテメエだろうが。なんで夕真が命を狙われなきゃならねえんだ」

「えっ、その傷、真理子のお母さんがやったんだ。すごいな」

純粋に感心してから、でも、と思い直す。

「殺しちゃった？」

「あの母親は夕真の創作活動を否定したわけじゃねえ。殺す道理もねえだろう」

「器くんは『それ』が基準なのか」

相手を殺すか、やめるかの。

「真理子のお母さん、大丈夫かな。どこかで死んでたらどうしよう」

「子供はもう一人残ってんだろ。やることやって、気持ちにケリ付けたら日常に戻るさ」

「うわあ、母親の心理に詳しい感じ。腹立つ」

「絡んでくんな。母親なんて一人しか知らねえ」

その一人が多分、そうだったのだろうと見当がついた。

肩をすくめ、藍沢はもう一つ言葉を紡ぐ。

「夕真くんは器くんのこと、知らないんだな」

「……まあな。怪しんではいるが、あいつは積極的に知ろうとはしねえだろう。書いてられたら幸せなやつだからな」

「そっか。チャンス……って言いたいところだけど、しばらく会えなくなるかもね」

「……お前」

一瞬カズマの目に宿った光がなんなのか、藍沢はわかる気がして笑ってしまった。

自分と違って、この殺人鬼はずいぶん人の心が残っている。

「死なないよ。俺はそういう生き物じゃない」

「……俺は何も言ってねえ」

「ちょっと会いたい人が五人プラス何人か、できたから会ってくる。夕真くんはずっと情熱を燃やすやつだってわかったからさ。例の……自分が書きたいものを詰め込んだ脚本を書き終えるまでは、目を離していても枯れたりしなそうだし」

「五人ってのはどこから出てきた数字だ」

「真理子のお母さんと美香子のお父さんを除いた五人……のご家族たち。美香子のお父さんみたいに、俺を積極的に殺そうとしてくれる人がどこかにいるのかなあって考えたら会いたくなっちゃって」

「……お前、おかしいぞ」

「器くんに言われたくないな」

藍沢が少し顔をしかめ、言葉を続けようとした時だった。

——キャン。

足になにかがまとわりついてくる。

不思議そうに見下ろした藍沢は、驚いて目を見張った。

「あれ？　お前……」

茶色い子犬だ。大きな瞳をキラキラ輝かせ、しっぽを振り回しながら藍沢を見上げてくる。

「お前、犬なんて飼ってたのか」

「いや、俺のじゃなくて……うわ」

何気なく突き出した手をぺろりと舐《な》められ、藍沢は声を上げた。

「ちょっと前、段ボール箱に入れられて川に捨てられてたんだ。見てたら、目の前で沈んでいったから、なんとなく……」

「助けたのか」

「いや、助けたつもりはないんだけど」

うまく説明できず、藍沢は頬を掻いた。

ゴミのように捨てられ、人知れず沈んでいく段ボール箱を見て、無意識に身体が動いただけだ。気づいたら川に飛び込み、必死で泳ごうとしている子犬をすくい上げていた。

別に善行をしたつもりはない。子犬を岸にあげたきり、飼ってやろうなんて考えもしなかったし、今の今までその存在すら忘れていた。藍沢としては濡れたまま初冬の屋外を歩いたおかげで風邪をひき、自分の浅はかさにげんなりした記憶の方が強い。

（ただ……）

なんとなく、あのまま眺めているのが嫌だったのだ。緩慢《かんまん》な死を与えられた幼少期の自分と、その段ボール箱が重なったのか、今となってはよくわからない。

「見捨てられて、ただ死ぬっていうのはちょっとね」

「よくわかんねえな」

「俺にもわからないんだよ」

わからないことだらけだ。だからまあ……一つ一つ、確かめてみようと思った。

藍沢はひらりと手を振った。

「寂しくなったら、会いに来るよ」

「二度とそのツラ見せるな」

「ずっと好きだよって夕真くんに伝えておいて」

「伝えるか、死ね」

取り付く島もないカズマに声を上げて笑う。

宝物だった七人の遺品は燃やされ、人形も屋敷の奥に置いてきてしまった。何も持たず、誰からも望まれていない化け物だと自覚しつつ、それでも悲しむことすらできずにいる。

(でもまあ、仕方ない)

まだ生きているのだから、死ぬ時までは生きるだけだ。

背後でため息が聞こえ、やがて足音が遠ざかる。

遠くなる足音を聞きながら、藍沢も歩き出した。

即座に、その足元に毛玉がまとわりついてくる。

「ていうかお前、ついてくるの」

――キャン！

当然ですが？　と言わんばかりの元気な鳴き声に苦笑する。

生まれて初めて得た、小さな旅仲間の存在に戸惑いながら、藍沢は雑木林をあとにした。

＊　＊　＊

数日後、喫茶「レオポルド」にはあわただしく、業者が出入りしていた。

「ほんとに辞めちゃうんだね。寂しくなるな」

様子を見に来たキョーコに声をかけられ、振り返ったマスターは苦笑した。

入り口に貼《は》られた「閉店」の張り紙。急なことなので、ろくに挨拶もできなかった。

「夕真くんに挨拶しないままになっちゃうのが寂しいけどねえ。落ち着いたら絵ハガキを書こうと思うよ」

「南の島でアロハ着て、トロピカルジュース飲んでる写真とか？」

あはは、と笑うキョーコに、つられてマスターも笑った。

「僕、ちゃんとマスター、できてた？」

「あの繁盛っぷりを見たら、わかるでしょう。誰もかれもが笑顔で長居して、採算取れてるのか心配だったっての」

「見よう見まねだっただけなんだけどねえ。居心地よくできてたならよかった」

大きく息を吸い、解体作業の埃《ほこり》を吸い込み、盛大にむせる。

そんなコミカルなミスに、自分で笑ってしまった。

——雄一《ゆういち》、俺、喫茶店のマスターになるのが夢なんだよ！

懐かしい声を思い出す。

もう七年はたつのに、彼はまだちゃんと自分の中で生きていてくれている。

中学一年の時に隣の席になった親友がいた。

同じ高校に入り、野球部でバッテリーを組んだ。大学は別々だったが、月に一度は会い、なんだかんだつるんでいた。

その縁は社会人になっても続き、輸入会社のバイヤーとして世界各地を飛び回る自分と違い、親友はコツコツと金をためていた。

彼が貯金する理由を、自分はとっくの昔に知っていた。高校生の時に打ち明けられてから、彼の夢はぶれないままだ。

……喫茶店のマスター。

細身の色男だった彼なら、きっとすごい人気店になるよと自分も賛成し、楽しみにしていた。

そして今から十年ほど前、久しぶりに帰国した自分に対し、親友はついに土地と店舗を買ったのだと報告してくれたのだった。

「相談した不動産屋が親身に話を聞いてくれて……立地条件のいい場所を破格の値段で買えるように手配してくれたって言ってたんだよね。ちょっと予算はオーバーしたけど、借金して店を開いたそうなんだ。正直、少し心配したけど、水を差す気はなかったよ。やっとあいつの夢が叶《かな》うんだから」

「へえ、そういえば詳しい話、初めて聞いた」

「あんまり話すことでもないからねえ。応援するよ、とは言ったけど、僕はすぐにまた仕事で海外に行っちゃって」

だから、すべてを聞いたのは次に帰国し、何もかもが終わったあとのことだった。

どうやら自分が国を離れてすぐ、親友の店にはガラの悪い連中が集まるようになったらしい。他の客に絡み、暴れ、ネットに悪い評判を書かれた結果、店を続けることは困難になってしまったのだという。

親友は店と土地を売却し、借金を返すためにもう一度勤め人になったが、働きすぎて身体を壊し、それっきりだ。

「そういう作戦なんだって、あとでわかったんだよね。善良なやつに一見好条件で土地を購入させてから、ガラの悪い連中を雇って、その場所で暴れさせる。……それで土地の持ち主はやっていけなくなり、破格の価格で土地を売って、どこかに立ち去る。……不動産屋の男が全部裏で糸を引いてたんだ」

「警察に届けたら、罪には問えるかもしれない」

「……うん、でも親友は帰ってこない。僕は、やっぱり許せなかったんだよねえ」

そんな時だ。キョーコに出会ったのは。

同じ思いを持つ人を集め、協力して仇を討つ。道具の調達からアリバイ作りまで、被害者たちが力を合わせれば、きっとなんでもできるはず。

最初はただ、無力な自分を慰《なぐさ》めるだけの夢物語だったが、キョーコがプログラムとデザインを手掛けることができ、自分は何度も渡航して、色々な商品を仕入れることができるのだと気づいた時、空想は現実味を帯びていった。

そこで止まることはできたかもしれない。

だが止まる気はなかった。

ゆっくりとここで根を張り、仇を追い詰める計画を立てていった。

「まさか、あの男がこっち側に来たのは意外だったけど」

誰よりも憎い、親友の仇。

不動産業を営んでいた、西木という男が。

「よっぽどその場で殺してやろうかと思ったけどね……」

ただ逆にチャンスだとも思った。

金はあって困るものではない。このコミュニティを大きくするために西木の資金を使いつつ、いずれ来るであろう機会を狙うのに、「喫茶店のマスター」は格好の隠れ蓑《みの》になってくれた。

（喫茶店のマスターが出したものは、怪しまずにみんな口に入れてくれるし）

海外でいわくつきの毒入りワインを仕入れ、中身を入れ替え、封をした。

一度でも外気に触れたワインはどんどん酸化してしまうが、その点はあまり問題ではなかった。西木は愛娘《まなむすめ》を殺されてから、何を食べても泥の味しかしないと常日頃からぼやいていたから。

（毒入りワインの半数は、一本飲んでも致死量の十分の一。でも、もう半数は致死量以上）

だから、ある意味これは賭《か》けだった。自分の仕入れたワインが前者か後者か、運を天に任せるしかなかった。ただまあ、きっと成功するとも思っていたが。

だって自分は卑劣《ひれつ》な化け物に挑む、ただの弱者。

きっと復讐は叶うだろう。

そしてその思いは証明され——自分の目的は達成できた。

「キョーコさんはもう少しこの街にいるんでしょ？　夕真くんのお見舞いに行ってあげてね」

「はいはい、それくらいの頼みは請け負ってあげる。同じ『庭』の仲間だからね」

「ありがとう。元気でね」

差し出された手を握り、マスターは踵《きびす》を返した。

この地に根を張って七年たつが、そういえば誰にも本名を名乗ったことはなかったな、と思い出す。用意されたコミュニケーションツールにも、自分は一度も書き込まなかったし、誰にも存在を認識されていないだろう。

ただ、そんなのは大したことではないかと思い直す。

自分はただの「喫茶店のマスター」だ。

親友の果たせなかった夢を果たそうとした復讐者。

自分の中で、価値のあるものもそれしかない。

キョーコが帰宅すると、静かな室内ではパソコンが起動する音が響いていた。

モニターが二台。

小型サーバーが一台。

いささか仰々《ぎょうぎょう》しくはあるものの、自分にとっては、それらは大事な相棒だ。

「次のごみ回収日にはこれも処分しないとね」

一つだけ予備でとっておいた粉。

そして床に積みあがった新聞紙の束。

粉は「あの日」、喫茶店で自分の席に置いたウォーターボトルの水に混ぜておいた。彼らが夕真を襲う日取りや場所はわかっていたし、あの男、富岡の性格ならば、軽く注意を引くだけでこちらに絡んでくるだろうと察しがついたから。

新聞にはいくつかのパターンに分け、様々な記事をデザインしておいた。すべて、遅効性の毒に侵され、冷静さを欠いた富岡が読めば、恐慌状態に陥《おちい》る内容にしたつもりだ。

まさか本当に「仇を前にしておびえて逃げ出す」という一番無様な筋書きをたどるとは思っていなかったけれど。

「……力を誇示《こじ》していたくせに、情けない」

つけっぱなしにしていたパソコンの前に座り、コミュニケーションツールを立ち上げる。

少し考え、キョーコは雑談チャットに文字を打ち込んだ。

――タクミの姉：十年前、違法捜査の末、弟を自殺に追い込んだ最悪の刑事、今日、片が付きました。

待機していた参加者たちから即座に大量の反応が返ってくる。「おめでとうございます！」、「よくやりました。頑張りましたね！」、「お疲れ様でした。ゆっくり休んでください！」、「成功報告があると勇気が出ます。僕も頑張ります！」……。

同志の面々から飛んでくる激励の言葉を一つ一つ眺めながら、キョーコは微笑《ほほえ》んだ。

「女が自分一人で男を殺すのは大変……」

だからマスターとともに同志を集めるため、この場所を作ったのだ。

参加者が増えるたびにこのコミュニケーションツールはキョーコの手を離れ、それぞれの参加者の想いを乗せて走り始めた。

止める気はなかった。キョーコもまた、一人の参加者として彼らとともに言葉を交わし、いずれ来る復讐の機会を狙い続けた。

「やっと……終わった」

少し迷ったものの、キョーコはゆっくりとマウスを操作し、ツール内にある「マイページ」に飛んだ。

その一番下に「退会」ボタンが設置してある。

これを押せば、二度とここにアクセスできなくなる。ツールは数日ごとにパスワードが自動変更され、新たなパスワードは入会者のもとにしか送信されない。三回間違えればコンピュータウイルスが送信される仕組みにしたし、他にもセキュリティは強化している。

入会者の勧誘は他のメンバーでも行えるし、自分がいなくなってもコミュニティは問題なく回るだろう。

……そう、問題なく回ってしまう。

もしキョーコになにかを奪われ、復讐したいと思う者が入会しても、自分はそれを知るすべはない。きっと住人たちが総出で協力し、自分は無残に殺される。

だが、不思議と恐怖はない。因果応報《いんがおうほう》というやつだ。

自分は弟を富岡に殺された被害者で……だが、誰かにとっては加害者かもしれない。

富岡は娘をなくした被害者だが、キョーコの弟を殺した加害者だし、西木は娘を藍沢に殺された被害者で、マスターの親友を追い詰めた加害者だ。

誰も彼も、誰かの宝物を奪い、宝物を奪われて生きている。

藍沢や夕真もまた、キョーコにはわからない事情があって、奪われたり、奪ったりしてきたのだろうと思う。

だから、その流れに身をゆだねるのはこの場所を作った自分の責任だ。
――タクミの姉：皆もここで、きれいな花を咲かせられますように。
最後にそう打ち込み、ゆっくり「退会」ボタンをクリックする。
自動的にページが変わり、美しい庭園の画像が映った。
その一輪一輪が、思いを遂げた人の数。
復讐という蜜をたたえた花が咲く、「Avengers' Yard」の光景だ。

了

※この作品はフィクションです。実在の人物・団体・事件などにはいっさい関係ありません。

集英社オレンジ文庫をお買い上げいただき、ありがとうございます。
ご意見・ご感想をお待ちしております。

●あて先
〒101-8050　東京都千代田区一ツ橋2-5-10
集英社オレンジ文庫編集部 気付
樹島千草先生

集英社
オレンジ文庫

咎人のシジル

2019年11月25日　第1刷発行

著　者　樹島千草
発行者　北畠輝幸
発行所　株式会社集英社
〒101-8050東京都千代田区一ツ橋2-5-10
電話【編集部】03-3230-6352
【読者係】03-3230-6080
【販売部】03-3230-6393（書店専用）
印刷所　凸版印刷株式会社

※定価はカバーに表示してあります

ISBN 978-4-08-680287-1 C0193

集英社オレンジ文庫

我鳥彩子

雛《すう》翔《しょう》記《き》

天上の花、雲下の鳥

大国の王との結婚と
暗殺の密命を受けた従者・日奈。
命令を疑うことなく大国へ
輿入れした彼女を、驚愕の真実と
運命の出会いが待ち受ける…。